Banale flambée dans ma cité

www.actes-sud-jeunesse.fr

Éditeur : François Martin
Maquette intérieure : Marie-Thé Mejean

ISBN 978-2-330-18684-5
Loi 49-956 du 16 juillet 1949 sur les publications destinées à la jeunesse.

MABROUCK RACHEDI

BANALE FLAMBÉE DANS MA CITÉ

ACTES SUD jeunesse

L’auteur remercie le département de Seine-Saint-Denis pour le soutien dont il a bénéficié grâce à la résidence “Écrivain.e.s en Seine-Saint-Denis”.

1

La sueur coule le long de mon visage. Je la balaie du revers de ma manche. Deux secondes après, je suis de nouveau en nage. Mes glandes sudoripares sont un robinet grand ouvert qui déverse un liquide salé et visqueux sur mon front. Je frissonne de la tête aux pieds. Qu'est-ce qui m'arrive ? Lors du test, je suis resté calme. Cette qualité m'avait valu d'être intégré dans le groupe. Quoi qu'il arriverait, je résisterais à la pression. Tu parles ! C'est toujours plus facile lors des répétitions. Les ratés n'ont alors aucune conséquence. Si je vrille, ce n'est pas seulement moi, mais tous les autres qui en pâtiront.

La bande et moi, nous sommes les enfants de la même rage. Celle de notre passé, celle de notre quartier, celle de l'Histoire. Nous sommes triplement vénères et plus que ça. Il faut l'avoir vécu pour comprendre cet état d'esprit qui bouscule l'ordre des syllabes et des choses. Le bourdonnement lancinant dans nos têtes est le son de notre colère. Il ne nous quitte jamais. Soit on se laisse emporter, soit on lutte. Nous avons décidé d'en faire un moteur. Après l'opération coup de poing, plus rien ne sera jamais comme avant. On se l'est juré.

Nous nous sommes donné un but. Tout est millimétré. Le plan parfait. Je devrais être prêt. Je n'avais pas prévu cette émotion soudaine. Traître, elle grandit en moi, nourrie par le sang qui fait tambouriner mes tempes. Le bouillonnement me tétanise. Ce n'est pas pour de faux, cette fois. On va y aller et si ça foire… Je ne veux même pas y penser.

Je vérifie une énième fois si j'ai tous les détails en tête. J'aimerais dire "une dernière fois" mais je ne me maîtrise pas.

– Ça va ?

Ma complice me secoue. J'évite ses yeux, j'ai peur de ce qu'elle pourrait y lire. Elle a des intuitions, la grande sœur. Elle déteste quand je l'appelle comme ça, elle me signale alors que nous n'avons aucun lien de parenté et à peine six mois de différence d'âge. Grande, elle l'est par son autorité, et sœur, elle le devient chaque jour un peu plus. Cette journée scellera à jamais un lien indéfectible. Je hoche la tête pour la rassurer et le mouvement dénoue quelque peu mes cervicales.

– Ça va.

Ma voix chevrote. Indépendante de mon cerveau, elle semble vouloir m'implorer. D'arrêter ou d'aller plus vite ? Je choisis la seconde option. Je trépigne à défaut de courir, comme je le fais chaque fois que le doute me prend. L'agent de sécurité est devant moi, aux aguets. Un regard par-dessus mon épaule et je les vois, mes deux collègues qui me suivent, la mâchoire serrée, aussi résolus que moi. Les images défilent dans ma tête.

Tout ce qui a conduit à ce moment où ma vie va basculer a une histoire. Plusieurs histoires.

On va tout casser, il n'y a plus d'autre choix.

PARTIE 1
LA RÉVOLTE

2

Quelques mois plus tôt

Je cours, je cours, je cours. Hors d'haleine, je m'écroule à flanc d'un talus du parc municipal. Les herbes hautes caressent ma peau. La fraîcheur du soir m'envahit. Je suis bien. Je lève les yeux au ciel à la recherche de mon rendez-vous. Cela ne me prend jamais beaucoup de temps, j'ai étudié sa trajectoire dans les moindres détails. L'étoile du nord est là, juste au-dessus de moi. Quand j'étais gamin, Mme Tavernin, ma maîtresse de CM1, avait parlé devant la classe de son voyage dans le désert du Sahara, en Mauritanie. Loin de la pollution, le ciel brillait comme jamais. Je sais, j'y étais. En pensées. Elle s'était appesantie sur l'étoile du nord, la plus brillante de toutes. À travers ses mots, je l'avais vue scintiller. J'avais alors levé le doigt, la seule et dernière fois où j'avais demandé à prendre la parole en primaire. Tout le monde avait été étonné. Mabataï, celui qui murmure plus qu'il ne parle, allait surmonter sa timidité. Je lui avais demandé si on pouvait l'admirer de Saint-Denis. Mes camarades avaient rigolé. Pas sûr qu'ils avaient tous entendu, je m'exprime tellement bas, mais il suffit qu'il y en ait un qui commence et tout le monde suit. À la fin du cours, Mme Tavernin m'avait pris par la main pour me montrer l'astre luisant dans le ciel. C'était l'hiver, la nuit tombait tôt, le ciel était dégagé, j'avais été ébloui dès notre première rencontre. J'aurais aimé ne plus fermer les yeux.

L'endorphine, cette hormone produite pendant la course, ne produit plus son effet euphorisant. Je suis transi de froid. Pour me réchauffer, il me faudrait repartir. Mais je n'ai plus la force, c'est mon neuvième tour du parc à vive allure. J'ai croisé des regards admiratifs, d'autres interrogatifs – ce garçon qui cavale a-t-il le diable au corps ? Deux policiers à cheval m'ont demandé si j'étais poursuivi. J'ai répondu non. Mais si, j'étais poursuivi. Je suis poursuivi. Par une ombre que je ne pourrai jamais semer.

Je marche vers l'appartement de banlieue que je n'ose plus appeler "chez moi". Il n'y a plus cette chaleur qui en faisait un foyer. Je retarde toujours ce moment où j'y remets les pieds. Je sais déjà que je vais me faire engueuler. De rentrer si tard. Trempé de sueur. Sans un mot d'excuse. Sans égard pour ceux qui pensent à moi. Mon père me serine le même refrain au mot près. Il est prof de français et applique ce principe selon lequel la répétition est la base de la pédagogie. Il est seulement lourd. Je traîne les pieds pour retarder la confrontation avec le paternel quand on me hèle :

– Hé toi, tu cours vite !

Ce n'est pas la première fois que j'entends cette phrase, je ne prends pas la peine de me retourner. Les pas derrière moi se rapprochent.

– C'est impressionnant, je n'avais jamais vu ça.

La dernière fois que j'ai eu une vraie conversation, c'était avec Sékou, mon meilleur ami de primaire et du collège. Il écoutait mes silences, selon sa formule, et il comblait le vide de son abondante parole. Je chevauchais ses rafales de mots pour m'évader. Elles ne signifient pas grand-chose, ces formules qui me viennent brutes.

– Tu ne me regardes pas quand je te parle ?

Je me retourne vers le type, un grand du quartier que tout le monde connaît. Le surnom de Kamel Daoudi raconte tout de son gagne-pain. Kam est dealer. Il ne s'adresse jamais à personne sans une arrière-pensée.

– Serais-tu intéressé par un travail ?

Je hausse les épaules. Je ne sais pas comment réagir. Répondre non directement, sans y mettre les formes, serait vu comme une offense. Accepter, jamais de la vie. J'ai beau être mal dans ma peau, je ne veux pas vendre la mort. J'hésite à partir en courant mais ça n'aurait pas de sens. Kam n'aurait aucun mal à me retrouver. L'influence d'un réseau de drogue sur la cité, c'est comme la 5G, le taux de couverture est de 100 %, personne ne peut y échapper.

– As-tu peur de moi ?

Oui, je suis terrorisé. Ma salive s'est évaporée de ma bouche, à croire qu'on m'a enfoncé un paquet de chewing-gums dans la gorge.

– Comment t'appelles-tu ?

– Ma… Ma…

Ça y est, je perds instantanément ma contenance devant le gars le plus puissant du quartier. Un hurlement interrompt mon concerto de bégaiements.

– Toi, tes papiers !

Foudroyé par la surprise, je fixe la policière qui vient de surgir entourée de trois de ses collègues. À ses pieds, un chien montre méchamment les crocs.

– Tout doux, Albator.

La flic tapote le crâne de son berger allemand, dont la bave déborde de la gueule. Je n'aimerais pas me retrouver dans une impasse en tête à tête avec le molosse. La femme d'une quarantaine d'années répète fermement sa demande. Je suis mineur, je n'ai aucune obligation d'avoir une pièce d'identité sur moi. La flic déchiffre le point d'interrogation qui se dessine de mon sourcil gauche à ma bouche en forme de O.

– Pas toi, l'autre !

– Vous savez très bien qui je suis, proteste pour la forme Kam, qui sort déjà ses papiers.

– Justement, elle répond puis elle se tourne vers moi : Toi, tu peux partir.

Je reste figé comme une statue. Après quelques secondes, je retrouve l'usage de mes jambes. Je résiste à l'envie de courir. Une fois certain d'avoir quitté le champ de vision du contrôle de police, j'accélère.

Je ne le sais pas encore mais c'est la première d'une longue série de rencontres avec Kam.

3

Mon père est fidèle à sa réputation : chiant. De sa voix mécanique, il égrène le protocole des bonnes manières. Arriver à l'heure est le premier des commandements. Les autres ? Je ne les écoute pas, file dans ma chambre, mets mes écouteurs et monte le volume de la musique à fond.

J'aime déchirer mes tympans avec du son bien lourd. Plus rien d'autre n'existe que la vibration qui traverse mon corps. Une transe semblable à la course, sauf qu'elle est immobile. Je chasse l'excès de pensées négatives et, quand je me suis calmé, il me vient des mots bizarres que j'accole au rythme du morceau. Je transforme les paroles originales pour leur faire dire ce qui me passe par la tête, c'est-à-dire n'importe quoi.

"Je ne suis personne." J'avais composé des couplets autour de cette phrase pour révéler, à la toute fin, que plutôt que le désespoir d'un adolescent, elle exprimait l'esprit d'indépendance de celui-ci. Il fallait comprendre "suis" comme la première personne du singulier du verbe suivre et non du verbe être. Je ne note rien mais je me souviens de tout, je fonctionne comme ce menu du KFC, *All in Ze Box*. Tout dans la tête, quoi.

Avec tous les décibels que j'ai dans les oreilles, je n'entends ni la sonnerie à l'entrée ni ensuite la conversation qui s'engage dans le salon. Je suis dans mon monde quand mon père frappe discrètement à la porte puis cogne à en faire trembler les gonds. Ce n'est que lorsqu'il est planté devant moi que je le remarque.

– Mabataï, tu vas devenir sourd si ça continue.

– Hein ?

– La preuve. Tu peux me suivre ?

Je pense à ma chanson, "je ne suis personne". Je détourne la tête pour signifier mon refus à mon père. Il insiste :

– Il y a quelqu'un pour toi.

Je pense immédiatement à Sékou. Il est le seul qui posait les pieds à la maison. Je l'invitais quand mes parents étaient de sortie, il n'aime pas le contact avec les autres. Orphelin et ballotté de foyer en foyer, il disait que voir ma famille, ça lui foutrait les boules. Mais ça ne peut pas être lui, pas après ce qui s'est passé.

Curieux, je me lève sans un mot et me traîne jusqu'au salon. J'y découvre la policière qui a interrompu ma non-conversation avec Kam. Comment a-t-elle pu me repérer aussi vite ? Est-ce qu'elle vient m'arrêter ?

Pour quel motif ? Faut croire que ce qu'on raconte est vrai, les flics ont des fiches sur tous les habitants du quartier. Elle incline la tête en guise de salut et, sans m'expliquer ce qu'elle fait là ni aucune autre forme de procès, elle commence un sermon.

– Jeune homme, je suis venue te dire de faire attention à tes fréquentations. Tu sais qui est Kamel Daoudi ? Il est le plus gros dealer de la ville, peut-être du département. Je t'ai vu lui parler tout à l'heure. Évite-le.

Comme si je ne savais pas tout ça. J'ai beau vivre sur ma planète, Kam c'est le soleil de notre galaxie, personne ne peut échapper à ses rayons ténébreux.

– Si je suis là, ce n'est pas seulement dans le cadre de mes fonctions professionnelles, c'est aussi et surtout par amitié pour Patrice. Il se démène pour te donner une vie meilleure et…

Ah oui, comme ça, elle connaît mon père ? Et elle l'appelle par son prénom ? Le monde est petit. Malgré toute la peine qu'elle se donne, j'arrête d'écouter. J'ai subi ce sermon des centaines de fois. Tout le monde se sent autorisé à penser mon bien à ma place, qui consiste pourtant en une chose simple : me laisser tranquille.

– Mabataï ?

– Hein ?

Je sursaute. Je n'ai pas remarqué que depuis trente secondes la policière a fini son blabla, et que mon père essaie de me “reconnecter avec la réalité”. C’est une de ses grandes expressions.

– Tu me promets de ne plus lui reparler ?

– Je ne lui ai rien dit.

– Ne mens pas, Magali t’a vu.

– Magali ?

– Oui, Mme Sergent. Tu sais, celle qui te parle depuis cinq minutes.

Je grogne. Les adultes me reprochent de ne pas être attentif mais eux ne m’écoutent jamais. Comme Kam tout à l’heure, mon père monologue. Il ne me croirait pas si je lui disais que le dealer est venu me parler de lui-même.

– Ta mère ne serait pas contente si elle savait que…

Là, c’en est trop. Mon père devrait savoir – mon père sait – que je déteste quand il met ses mots dans la bouche de ma mère. Je quitte le salon pour regagner ma chambre, mon père veut me rattraper mais la policière retient son geste.

– Laisse tomber.

Je claque la porte, me dirige vers la fenêtre et scrute le ciel. Le scintillement de l’étoile du nord ne me déçoit jamais.

4

Ce quartier, j'y vis depuis que je suis tout petit mais, au fond, je le connais mal. Je parcours tous les jours les mêmes trajets : de l'appartement au lycée, du lycée au parc, du parc au supermarché. Sékou prétendait que j'avais des habitudes de petit vieux et il glissait dans un sourire qu'il serait facile de me faire assassiner, le tueur n'aurait aucun mal à repérer ma routine. Mon meilleur ami adorait presque autant les films de gangsters que me charrier.

L'immeuble où je m'aventure aujourd'hui, je n'y mets jamais les pieds. Au début, parce que c'était un territoire interdit par mon père, puis par la force de l'habitude. Le paternel veut me tenir loin des racailles. Chez lui, ce terme désigne aussi bien le dealer, le galérien ou tout autre jeune qui porte un survêtement. Vu ma dégaine, il aurait aussi bien pu m'appeler ainsi s'il ne me connaissait pas.

Je traîne ici pour franchir la ligne rouge. J'observe un drôle de monde où des guichets à ciel ouvert sont tenus par des adolescents, les charbonneurs vendent des sachets sans se cacher. J'apprendrai plus tard qu'il s'agit de cocaïne, d'ecstasy, d'amphétamines, de 3-MMC, d'opiacés, et du best-seller, le cannabis. Mon envie de rébellion me passe immédiatement.

Sur mon trajet retour, je croise une voiture remplie de "clients". Je me demande à quoi peut bien ressembler la vie de ces gens. Ils sont quatre, d'une trentaine d'années. Eux, ils ont une tête à prendre de la cocaïne. Je les imagine parisiens, probablement parce qu'ils sont blancs. Un total préjugé, j'avoue. Ils s'encanaillent en banlieue, en quête de sensations fortes, puis s'évadent de leur journée de travail vers des paradis artificiels. On doit avoir du publicitaire en quête de créativité pour sa prochaine campagne ou du comptable qui veut s'échapper de ses tableaux Excel remplis de chiffres. Je leur donne des rôles. Celui qui conduit, c'est Steve. On l'a chargé de tenir le volant car c'est le plus nerveux, s'il y a du grabuge, il démarrera au quart de tour. À côté, c'est Christian. Il ne paie pas de mine mais il soulève 100 kilos au développé-couché. Il prend des cours de jiu-jitsu brésilien, il saura se défendre au cas où. Il ne sait pas qu'une bagarre de rue, ce n'est pas comme sur un tatami, on n'y donne pas que des coups de poing et de pied, on mord, on griffe, on fait mal sans règles ni limites, et pas moyen de taper le sol ou son adversaire avec la main pour abandonner en cas d'étranglement ou de clé de bras. La baston ne s'arrête qu'au crac d'un os qui casse ou au boum d'un corps ensanglanté qui s'écrase au sol. Derrière, il y a Jean-Mi. C'est son diminutif, en vrai, il s'appelle Jean-Michel et…

Un vacarme assourdissant me sort de ma rêverie.

Ça crie "Police" d'un côté, "Ara ! Ara !", "Les chtars", "Les condés", "Les keufs" de l'autre. Je mets quelques secondes à réaliser ce qui se passe. Steve, Christian, Jean-Mi et l'autre à qui je n'ai pas eu le temps d'inventer un prénom sont en fait des flics ! Déjà, des dizaines de jeunes de mon âge surgissent de nulle part. Les uns pour aller à la rescousse du dealer qui se fait menotter, les autres pour fuir. Ça s'agite dans tous les sens. Je n'ai rien à faire ici, moi. Je panique. Je me mets à courir sans réfléchir. Et voilà comment je deviens un suspect. Un des policiers se met à ma poursuite. Enfin, c'est ce que je crois, je ne réaliserai que plus tard – bien trop tard – qu'il ciblait une personne devant moi. Mais voilà, le mal est fait, je suis grillé, un autre me talonne. Il en débouche de tous les côtés. Je visualise la scène d'une série américaine : les radios de la police crachent mon signalement à toutes les unités ou un truc dans le genre. Saleté d'imagination qui me fait vriller alors même que je devrais agir. Faire au lieu de délirer.

Je dépasse un gars à bout de souffle. Il est à deux doigts de se faire barrer la route par un autre flic. Avant son arrestation imminente, il me file un paquet.

– Fonce et ne te retourne pas.

Par réflexe, je saisis l'objet. Je suis dans la merde. Qu'est-ce que je fais maintenant ? Je cours dans quelle direction ? À qui je fais confiance ? Comment distinguer un baqueux en civil des autres ? Je n'ai jamais développé de sixième sens pour les reconnaître. La preuve, j'en dressais tout à l'heure le portrait de clients. Sékou se moquait de mon ignorance : "Mabataï, dans une autre vie, tu as dû être blanc, c'est pas possible que tu viennes d'une cité." Son rire résonnait cinquante mètres à la ronde, comme quand il sortait ses jeux de mots préférés : "Tu mets ça là, Mohamed" (pour le footballeur Mohamed Salah), "Il va vite, Amine" (vitamine), "Tu m'étonnes, John" (Elton John).

Sékou me fait marrer au pire moment. J'accélère pour semer mes souvenirs et les flics derrière moi. Personne ne peut me rattraper. Je suis trop rapide. Ma seule crainte, ce sont les carrefours et les coins de rue. On peut me surprendre par le devant ou par les côtés. Les voitures de flics continuent de converger dans le quartier, les sirènes crachent leurs youyous, on dirait un mariage arabe. L'un des véhicules me colle. Deux types en sortent, grossière erreur qui leur fait perdre leur avantage. Ils se débrouillent pourtant pas mal à la course et, à un croisement, ils se séparent pour m'embrouiller. Sauf que je vois tout, je suis hyper lucide, on dirait que j'ai fait ça toute ma vie.

Ça y est, je les ai semés.

Le bruit et la fureur se sont calmés autour de moi. Je décide d'aller me planquer quelques minutes dans le sous-sol d'un parking désaffecté, histoire de laisser passer la tempête. Personne ne met jamais les pieds dans cet endroit. Assis par terre contre un des piliers de béton, je reprends mon souffle. Une fois calmé, je fixe mon attention sur le paquet dans mes mains. Devrais-je l'ouvrir ? Hum, j'hésite. Faut-il vraiment que je sache ce qu'il y a dedans ? La curiosité le dispute à la peur d'être impliqué dans un business qui ne me regarde pas. Je suis tenté de l'abandonner ici mais je me retiens de peur que le fuyard qui me l'a refilé me demande des comptes.

Je me redresse pour partir mais au bout de quelques pas, j'entends des voix. Je retourne vite me cacher derrière le pilier. Les types haussent le ton, leur conversation n'a rien d'amical. Des insultes, des menaces. Pour avoir l'image en plus du son, je passe la tête et suis alors témoin de l'impensable…

5

– Tu sais ce qui s'est passé dans le quartier ?

– Hein ?

Je suis encore sonné. Après le départ des types du parking, je suis resté en état de choc. J'en suis sorti une bonne dizaine de minutes après et toutes les traces de la scène avaient disparu, comme si je l'avais rêvée.

Mon père me ramène à la réalité en me passant une louche sous le nez. Il a mitonné sa spécialité, un ragoût de mouton. Son fumet délicieux réveillerait un mort. Normalement, il le prépare pour des occasions spéciales. Son air satisfait tranche avec l'atmosphère dehors : des émeutes ont commencé en fin d'après-midi. Notre immeuble est à l'écart du déchaînement de violence mais on y entend les éclats de la rage de la cité.

– Tu es encore dans la lune, Mabataï ?

Si mon père savait… J'aurais préféré être sur la lune ou, mieux, sur l'étoile du nord. Mon père n'imagine pas – et il ne voudrait surtout pas l'imaginer – que j'étais aux premières loges. Que j'ai vu ce dont tout le monde parle à la télé, à la radio et sur les réseaux sociaux. Et aussi la vérité qu'ils ignorent.

Ce que relaient les médias : une bavure policière dans un terrain vague où un dealer désarmé aurait été tué par un flic. Celui-ci a été retrouvé près du corps, le flingue encore fumant. La rumeur a gagné la rue avant de secouer tout le pays. En pleine campagne présidentielle, l'affaire fait grand bruit. La plupart des politiques réclament plus de fermeté contre les "émeutiers", appuyant leurs propos à partir des images de violence. Quelques-uns parlent de révolte et essaient de comprendre comment ce gâchis peut bien se reproduire sans cesse. Moi, je suis loin de tout ça, je ne saurais pas citer le nom de tous les candidats, sauf le président et sa principale opposante.

La cité a été gagnée par un réflexe : détruire. La voiture du voisin qui ne nous a rien fait, les abribus bien pratiques pour aller au travail ou au lycée, les vitrines des supermarchés où nos parents vont faire les courses. La jeunesse en colère s'attaque à tout ce qui est à portée de mains.

– C'est dingue, ces jeunes, ils ne savent pas quoi inventer pour se faire remarquer. Leurs conneries, elles rejaillissent sur tout le quartier. Tu imagines le recruteur qui va se trouver face à un gars de chez nous ? Il aura en tête des images de voitures calcinées. Moi-même, je ne l'embaucherais pas, ce jeune.

Je ne me fatigue pas à contredire mon père, je ne comprends pas pourquoi il s'obstine à essayer de communiquer avec moi. Des fois, je me dis que s'il a vidé les pièces après le départ de maman, c'est pour mieux entendre l'écho de sa voix.

La sonnerie à la porte me tire de l'embarras. C'est Mme Sergent, la flic que mon père appelle Magali. Je me disais bien que le ragoût, ce n'était pas pour mes beaux yeux. Elle débarque avec un de ses collègues, "très spécial". C'est ainsi qu'elle nous présente son berger allemand, Albator, que j'avais déjà croisé lors de mon dialogue avorté avec Kam. Elle claque la bise à "Patrice", mon père, et avec moi, elle ne sait pas comment s'y prendre. Je remue la main de loin, merci le covid pour la redéfinition des normes de civilité. Magali précise qu'Albator est la mascotte de la brigade des stups. Mon père tente une caresse mais le clébard montre les crocs.

– Tout doux.

La flic que je ne sais plus comment appeler tapote le crâne du chien. Ça ne le calme pas.

– Je ne comprends pas, il n'est jamais comme ça.

– C'est mon ragoût, il fait cet effet à tout le monde, n'est-ce pas Mabataï ?

Mon père fait semblant de rire à sa blague, Magali l'imite. Moi, je me demande ce que je fous là. Le boum d'une bombe agricole me fait sursauter. Il fait remonter une image dans ma tête, celle du coup de feu dans le parking désaffecté. Les quelques secondes qui ont changé ma vie. Mon père ne remarque rien de mon trouble et va chercher son plat en cuisine. Il me fait discrètement signe de le suivre. Discrètement, c'est vite dit, la flic a tout remarqué. Elle est formée à relever les petits détails. Dans la cuisine, mon père me murmure :

– Mabataï, fais un effort, s'il te plaît.

– Un effort pour quoi ?

– Sois poli avec notre invitée.

– Pourquoi tu me dis ça ? C'est ta meuf ou quoi ?

J'ai sorti ça, histoire de le provoquer. Son silence embarrassé, son froncement de sourcils me disent quelque chose que je n'aime pas. J'ai vu juste.

– C'est vraiment ta meuf ?

– "Ta meuf". C'est comme ça que tu parles à ton père ?

– Tu changes de sujet.

Mon père ne moufte pas. Ça me fait des vacances. La douce parenthèse du silence est interrompue par un grognement et un cri. Le chien qui s'excite et la "meuf" de mon père, donc, qui lance :

– Hé ho, on a faim, les garçons !

En revenant au salon, je capte l'échange de regards entre Magali et mon père. Traduction : Tu lui as parlé de notre relation ? Je mets les pieds dans le plat.

– Ne vous inquiétez pas, il m'a tout dit.

Mon père pique un fard. Magali est gênée. J'aime l'idée d'être à l'origine du malaise qui plombe l'atmosphère.

– Tu sais, tu peux me dire tu, Mabataï.

– C'est noté. Vous voulez que je vous serve du ragoût ?

Je ricane à ma répartie. Moi, le mutique, je viens de prononcer plus de mots qu'au cours de ces deux dernières semaines. Ivre de ma propre parole, je n'arrête pas de lancer des piques, auxquelles mon père réplique par des expressions de désolation et d'agacement. Il est trop à cheval sur les manières pour m'engueuler en public. Je profite de la situation.

Un autre convive est presque aussi bavard que moi. Le chien. La flic lui a ramené de la bouffe et mon père lui sert même du ragoût, ce qui m'énerve encore plus, l'animal me pique mon rab. Les grognements irrités de mon père rivalisent avec ceux d'Albator.

– À l'origine, il s'appelait Charybde. Lors d'une intervention chez un dealer, il a pris un coup de couteau sur la gueule et il lui est resté une belle cicatrice. C'est pourquoi il est devenu Albator, comme le héros de dessin animé des années 1980. Tu connais, Mabataï ?

– “Albator, Albator, du fond de la nuit d’or. Albator, Albator, de bâbord à tribord”…

Mon père et la flic entonnent le refrain du générique. Ça ne détend ni l’atmosphère ni le chien, qui s’évertue à donner un sens à l’humeur qu’on prête à sa race.

Au bout d’un moment, casser leur délire ne m’amuse plus et je décide de me retirer dans mes quartiers.

– Tu es sûr que tu ne veux pas rester un peu ?

– J’ai des devoirs à finir.

– C’est bien la première fois que ça te tracasse.

– Il faut un début à tout.

Je me lève sans dire au revoir et me dirige vers ma chambre, attenante au salon. À peine j’ouvre la porte que le chien s’emballe. Magali le rattrape de justesse par le cou. Il gueule à s’en décrocher la mâchoire, on dirait qu’il veut ma peau. Mon père a reculé pour se protéger. Il a un peu honte de ce réflexe et s’interpose finalement entre le berger allemand et moi. Si ma vie n’avait tenu qu’à lui, Albator m’aurait dépecé.

– Je vais partir, Patrice, décide la flic.

– Tu peux rester, Magali.

– Une autre fois, je ne voudrais pas avoir un mort sur la conscience.

La flic met la laisse à son chien.

– En dehors du travail, c’est bien la première fois que ça arrive.

Je ne sais pas si je devrais me sentir flatté. Alors que je repars vers ma chambre, elle me chuchote à l'oreille :

– Il n'y a que l'odeur de la drogue qui mette Albator dans cet état. Je ne suis pas en service ce soir, je n'ai rien vu et je ne dirai rien à ton père, ce sera notre petit secret.

Magali me fait un clin d'œil de connivence. Le paquet que m'a refilé le gars contient bien ce que je craignais.

6

Entre les quatre murs de mon refuge, je ne sais pas ce qui me tracasse le plus entre la drogue que je trimballe ou la meuf de mon père. Je fixe le portrait de ma mère sur ma table de chevet.

Coumba Ngoma me manque tous les jours. Mon prénom, c'était son idée. Ma naissance a été douloureuse, très douloureuse. Pendant le travail, elle s'était donné du courage en se répétant en boucle la vieille chanson de Daniel Balavoine dont le refrain dit "C'est mon fils ma bataille". Elle a pris les paroles dans un sens très littéral, une fois vaincue sa bataille contre les douleurs de l'accouchement. L'officier de l'état civil a tiqué lorsqu'elle a prononcé mon prénom, alors elle a changé l'orthographe en Mabataï, en faisant croire que c'était un nom massaï, une population d'Afrique de l'Est. Mon père n'a pas non plus été d'emblée convaincu par l'idée. Il voulait m'appeler Toussaint, ce qui n'était pas beaucoup mieux. Mais vous croyez qu'on résiste à une femme revenue d'entre les morts ? Elle insistait sur le pluriel, "les morts", car nous étions donnés tous les deux pour fichus par les médecins. Ma mère a conjuré le destin en invoquant Dieu et saint Daniel, et voilà ce que ça donne.

L'hôpital, elle y est retournée après ma naissance. Bien trop souvent. Elle qui était en pleine santé devait désormais s'y rendre quotidiennement. "Mon deuxième chez moi", qu'elle résumait. Et puis il y a quatre ans, elle a dû y rester de jour et de nuit. Le personnel de l'hôpital la surnommait "la Warrior", parce qu'elle épuisait ses dernières forces à marcher dans les couloirs. Elle répondait qu'elle entretenait sa forme.

Va savoir si c'est son foutu caractère – sa "résilience", traduisaient les médecins dans leur langue – qui lui a donné quelques mois de sursis sur son départ programmé. Elle insistait sur le mot "départ". La mort, c'est la fin, et elle était persuadée de commencer quelque chose. Elle souffrait de son cancer depuis si longtemps que nous avions fini par croire qu'elle n'en mourrait jamais. Même elle ne semblait plus l'envisager. Elle en plaisantait : "Les médecins font tellement d'années d'études pour rien. Ils devraient présenter la météo, elle se trompe tout le temps, elle aussi."

Ma mère cachait ses douleurs et son jeu. Parfois, elle forçait ses sourires. Moi, je ne voyais que ce que je voulais voir : les apparences, parce que la réalité était trop dure.

Le jour du départ est venu, inexorable. Je me souviens de tout, de l'interro de maths, où j'avais gratté un peu de temps à la fin pour essayer de répondre à la dernière question. Du premier bus que j'avais manqué d'une poignée de secondes parce que je papotais avec Sékou. Si nous avions marché plus vite, nous l'aurions eu. Du suivant qui avait eu un incident. Les autres usagers protestaient mais nous, nous nous marrions. Devant l'intarissable bagout de mon pote, j'avais eu l'idée d'un refrain, "Sékou s'écoute parler". À cause de cette petite musique dans ma tête, j'avais tardé avant de me décider finalement à aller à l'hôpital à pied. Mollement, sans me presser.

Le visage inondé de larmes de mon père avait suffi à me révéler la terrible vérité. Il m'avait pris dans les bras. J'étais tétanisé.

– Ta mère est…

Je n'avais pas entendu la suite, je la connaissais. Mon cerveau s'était débranché. Il jouait en fond sonore la chanson de Balavoine "C'est mon fils ma bataille, fallait pas qu'elle s'en aille". Oui maman, fallait pas que tu t'en ailles.

Ce jour-là, je me suis promis de ne plus marcher mais de courir. Je ne traînerais plus à bavarder avec Sékou ou un autre. J'irais vite et seul dans la vie, cette saloperie de vie. Ce jour-là, moi aussi je suis parti une première fois.

7

Paix à l'âme de mon frère, Samir Dahman. Nous recueillons avec gratitude et fierté la bienveillance dont chacun témoigne. Au nom de celle-ci, je demande de respecter la mémoire du défunt. Ceux qui cassent, qui brûlent, qui pillent n'honorent ni son nom, ni n'honorent eux-mêmes. Mes parents et moi-même sommes déjà suffisamment effondrés pour ne pas ajouter du malheur au malheur. Je vous demande à tous de cesser ces agissements intolérables. Une enquête est en cours, elle dira la vérité. Nous osons espérer qu'elle sera impartiale et rapide. Que le ou les coupables paieront. L'impunité, jamais. Par ailleurs, nous vous demandons deux choses :

1. Ne diffusez pas de photos de mon frère.

2. Ne contribuez pas à des cagnottes pour aider financièrement notre famille.

On nous a signalé que des fausses sollicitations circulaient. Nous ne demandons rien de plus que la justice.

Dans un message plein de dignité publié sur Instagram, Katia, la sœur de Samir Dahman, s'est exprimée. Ainsi l'identité de la victime a été divulguée.

Sur les réseaux sociaux, c'est la guerre. Les hashtags #LaPoliceTue et #LaRacailleTue sont en tête des tendances, avec #GuillaumeThierry et #JusticePourSamir. Guillaume Thierry, c'est le nom du policier accusé d'avoir tiré sur Samir. Il est un héros pour les pro-flics, qui mettent en avant le casier judiciaire de Samir Dahman, multirécidiviste à seulement dix-sept ans. Il est un salaud pour les anti-flics, qui dénoncent le crime raciste, d'une police raciste, d'un État raciste. Chaque camp a son coupable désigné et le discours qui va avec.

Les candidats à la présidentielle se saisissent de la mort de Samir avec le même vocabulaire. Il n'y a plus de filtre entre les propos de café du commerce et la parole politique. Les uns exigent des peines toujours plus sévères pour les délinquants, plus d'armes pour les forces de l'ordre, et plus d'indulgence pour ce qu'ils appellent de la légitime défense. Les autres veulent exactement le contraire. Leur seul point commun est l'incapacité à s'écouter sur les plateaux des chaînes d'info où les éditorialistes, des influenceurs plutôt que des journalistes, s'insultent à longueur de débats.

Au lycée, on retrouve les mêmes sujets de discorde, la même agressivité. L'objet de toutes les discussions :

la mort de Samir, bien sûr, et les émeutes qui ont suivi. La victime était élève à mi-temps, en voie de décrocher complètement. Notre établissement est dans une banlieue où l'on trouve à la fois des quartiers populaires et des zones pavillonnaires.

Les habitants des cités sont dégoûtés des violences policières. Les flics, ce sont ceux qui les contrôlent trois fois par jour. Chacun a son anecdote sur une confrontation qui a failli mal tourner. Certains grossissent un peu leurs faits d'armes, histoire d'asseoir leur *street credibility*. Mais la plupart n'ont pas à exagérer, ils n'ont aucun mal à s'identifier à la victime.

Les pavillonnaires tiennent un discours "mesuré". Ils comprennent la colère des jeunes et, en même temps, la nécessaire action de la police. Ils comprennent les émeutes et, en même temps, leur répression. Ils comprennent qu'il faut lutter contre un système et, en même temps, que celui-ci n'est pas trop mal pour eux. Ils ménagent la chèvre et le chou avec des formules pleines de rondeurs, à l'opposé de ceux qu'ils considèrent comme des excités.

Moi, je ne suis personne, comme le dit ma chanson, c'est pourquoi je les entends tous et je ne capte rien. Je suis tellement déconnecté de la réalité que j'ignorais que Katia Dahman était au lycée. Il paraît pourtant que c'en est une figure. Elle se distingue par ses cheveux bouclés à la limite de l'afro et par son activisme au syndicat lycéen. J'ai dû passer des dizaines de fois devant elle sans la remarquer.

Le lendemain, une cellule d'écoute est mise en place pour les élèves affectés par le décès de leur camarade Samir. Elle est très fréquentée par ceux qui veulent sécher une interro. D'autres n'osent pas y recourir de peur d'être traités de "fragiles".

Je vais en cours de français lesté d'un mal de crâne, conséquence d'une nuit d'insomnie où je me suis rabattu sur la lecture de *L'Étranger* d'Albert Camus. Je suis un peu plus attentif que d'habitude quand Mme Delmas nous parle du roman au programme du bac de français. La prof aime bien me taquiner, elle sait que je ne réponds jamais. Ce n'est pas une surprise quand elle lance à la classe :

– Mabataï est le plus camusien de nous tous. Comme Meursault, le personnage principal, il est détaché de l'action qui se joue devant lui, absent au présent, spectateur plutôt qu'acteur, n'est-ce pas, Mabataï ?

La classe rigole, même si je ne suis pas sûr que la majorité des élèves comprenne le parallèle que dresse Mme Delmas. Moi, je sais, et sa pique résonne en moi. D'habitude, je laisse couler mais là…

– Le présent est souvent bien décevant, vous savez, prendre de la distance ne le rend pas meilleur mais plus supportable.

C'est moi qui ai dit ça ? La prof me regarde toute surprise, je crois que c'est la première fois que je décoche plus d'un monosyllabe. Les autres élèves sont tout aussi estomaqués.

– Tu veux développer, Mabataï ?

– Peut-être que Meursault veut se protéger de la violence autour de lui. Elle n'est pas forcément visible mais elle est là.

– La violence de son entourage qui ne comprend pas son absence d'émotion ?

– L'entourage est secondaire, la violence première, elle est résumée dans la toute première phrase.

– Tu veux parler de la mort de sa mère ?

Voilà ce qui m'a tellement touché dans ce roman qui commence par : "Aujourd'hui, maman est morte. Ou peut-être hier, je ne sais pas." Je n'avais pas analysé pourquoi je n'arrivais pas à me détacher de ce récit qui éveillait pourtant en moi une sensation désagréable. La fiction m'a ouvert à mes propres sentiments.

La prof de français lit le trouble dans mon regard. Tout le monde connaît mon histoire. Mon père est prof, ma mère l'était aussi. Mme Delmas me relance plusieurs fois. Les mots sont maintenant coincés dans ma bouche. J'aimerais lui dire que je ne me remets pas du départ de ma mère, de n'avoir pas pu l'accompagner dans ses derniers instants. Au contraire de Meursault, le détachement est venu après le drame, il ne le précédait pas, il en est la conséquence. Je reste froid avec les autres pour me prémunir de toute déception.

Le cours reprend normalement. Enfin presque, Mme Delmas me lance des coups d'œil en coin. Elle essaie de sonder mes pensées. Heureusement, elle ne sait pas ce qui se passe dans ma tête quand elle demande à Kylian de lire un extrait. Un personnage qui n'a pour nom que l'Arabe meurt, Meursault a tiré trois fois, et Albert Camus parle de trois coups frappés à la porte du malheur. Moi aussi, j'ai vu mourir un Arabe. Il a suffi d'une seule détonation pour entraîner dans sa dernière chute le corps de Samir Dahman.

8

Une alarme de voiture a hurlé la moitié de la nuit. Personne n'a été fichu de l'éteindre : ni le propriétaire de la bagnole, ni les flics. Le quartier a pu profiter du wouhou en boucle. Je ne crois pas que ça arriverait dans un quartier pavillonnaire. Pour supporter le vacarme, agrémenté par un concert d'insultes et de protestations, j'ai composé un accompagnement sonore sur mon ordinateur. Parfois, je me prends pour DJ Snake. Mais je ne suis pas à Ibiza : un type est finalement descendu pour mettre sa menace de tout péter à exécution, il a consciencieusement fait voler en éclats le pare-brise de la voiture et s'est acharné dessus jusqu'au dernier râle de l'alarme. Des applaudissements ont ponctué la performance et l'artiste s'est fendu d'une révérence pour saluer la foule. Le titre de mon morceau m'est alors venu : *Banale flambée dans ma cité*.

Ce matin, c'est comme si le quartier sortait d'une nuit blanche en boîte de nuit, le côté récréatif en moins. Je marche au radar pour aller en cours. Pendant le trajet, un petit tour sur les réseaux sociaux et je découvre la photo de Samir Dahman, diffusée en dépit de la demande de sa sœur Katia. Quelques secondes de réflexion et je fais le lien : le fuyard qui m'a donné le paquet que je trimballe, c'est lui. Il était le seul de dos au parking. Je me suis retrouvé par deux fois au mauvais endroit lors de cette journée. Quelle poisse, quelle poisse, quelle poisse !

Un terrible mal de crâne me gagne. Pas question d'aller en cours. Si je reviens à l'appartement, mon père va me faire la morale. Il me reste la cellule d'écoute. Pas seulement comme échappatoire, mais parce que j'en ai bien besoin.

Devant le bureau, il y a la queue. On y trouve à peu près tous les cancres du lycée. Quand vient mon tour, la psy a l'air incrédule des personnes qu'on a trop baratinées. Mon teint livide, ma démarche incertaine la convainquent que j'ai une bonne raison d'être là. Le problème est que ce satané mal de tête me bloque. Je reste pétrifié sans rien dire pendant deux bonnes minutes, c'est la psy qui brise le silence.

– Vous connaissiez Samir Dahman ?

– Non, pas vraiment. Je crois que je l'ai croisé quelquefois dans les couloirs du lycée et dans la rue.

– Vous lui aviez déjà parlé ?
– Je ne parle à personne.
– Ah ?
– Enfin presque.
– C'est-à-dire ?
– Depuis que ma mère est partie…

Je me surprends à évoquer à nouveau ma mère. Ma visite n'avait pas de but précis et voilà que je raconte ma vie. Je tapote nerveusement le bureau de la psy. Mes doigts sont comme ma bouche, ils échappent à mon contrôle. On dirait un métronome, le rythme de ma voix devient saccadé, un peu comme un rap.

– Votre mère est partie ?
– Elle est… morte.
– Et votre père ?
– Je ne lui parle pas beaucoup, à mon père. Il y avait Sékou mais…
– Qui est Sékou ?
– Mon meilleur ami. Enfin, c'était mon meilleur ami. Il est parti.
– Il est mort ?
– Non, il a juste disparu des radars.
– Pour quelles raisons ?
– C'est comme ça.

Je hausse les épaules pour appuyer ma réponse. La psy me fixe, ça me met mal à l'aise.

– C'était juste après le départ… euh, la mort de ma mère.

– Je ne vous ai pas demandé quand mais pourquoi vous ne voyez plus Sékou.

– Une sale histoire, il a disparu. En tout cas, jusqu'à hier.

– Vous l'avez revu ?

J'en dis beaucoup trop à cette femme, je vais finir par me griller. J'ai vu ce que je n'aurais jamais dû voir, je suis désormais sur un fil. Je me mets à devenir bavard au moment où j'aurais tout intérêt à me taire.

– Je crois que j'ai suffisamment abusé de votre temps.

– C'est une formule très polie mais nous n'en avons pas fini. Voulez-vous me parler de Sékou ?

– C'était mon meilleur ami.

– Vous l'avez déjà dit. Que faisiez-vous ensemble ? Vous étiez camarades de classe ?

– Oui, en primaire et au collège.

– Vous connaissez ses parents ?

– Il est orphelin, il vivait en foyer. La vie n'était pas facile pour lui, je ne sais pas où il tirait son énergie.

– Et vos parents l'ont déjà rencontré ?

– Désolé, je vais devoir vous quitter, j'ai mal à la tête.

C'est quoi ces questions bizarres ? J'en ai un peu marre de répondre à la psy, dans ma tête se joue une symphonie de cymbales et de grosses caisses. Et ma journée ne fait que commencer, il va me falloir affronter bien pire.

Quand j'étais derrière ce pilier de béton dans le parking désaffecté, j'ai vu Jules, le bras droit de Kam, Guillaume Thierry, le flic, et une troisième personne, de dos, qui était donc Samir, la victime. Quelqu'un d'autre se trouvait là : Sékou, à l'écart, qui observait. Je me demande si j'ai rêvé cette scène. Mon meilleur ami est censé être derrière les barreaux d'une maison d'arrêt. Pourtant, je me souviens de chaque détail : son regard pointé vers moi, les bris de verre à ses pieds, le miroir fêlé suspendu au-dessus de lui, le numéro de place B 157 inscrit au sol. Je dois me rapprocher de la bande de Kam pour retrouver le fantôme de Sékou, et tant pis si je me jette dans la gueule du loup en menant mon enquête.

9

L'assassin retourne toujours sur les lieux du crime. Le témoin aussi. Je traîne au pied de cet immeuble de malheur dans l'idée de rendre à Kam le paquet que Samir Dahman m'a donné dans sa fuite et qui a tant excité Albator. C'est la meilleure idée qui me soit venue pour m'approcher du dealer et gagner sa confiance. Mais l'improvisation a ses limites. Je ne sais pas comment m'y prendre. À qui m'adresser ? Je me vois mal me présenter avec un grand sourire devant le premier venu. Pour lui dire quoi ? Que j'aimerais lui fourguer de la drogue tombée d'un camion ? Avec ma chance, je serais foutu d'accoster un flic en civil, je n'ai pas brillé par ma clairvoyance lors de la descente de police. Et quand bien même je voudrais tenter le diable, je ne le pourrais pas. Il n'y a pas âme qui vive dans le coin. Les voitures calcinées, les bris de verre au sol témoignent des récentes émeutes. On se croirait dans *The Walking Dead*, je m'attends à voir un zombie sortir de nulle part. La bande-son qui accompagne ma traversée du champ de bataille est ma composition de la veille : *Banale flambée dans ma cité.* J'avoue, je suis fier de ma création. C'est mon seul motif de satisfaction. Mon plan tombe à l'eau, j'ai l'air bien bête à errer dans les rues désertes.

J'amorce un demi-tour pour rentrer, quand deux gamins de treize ou quatorze ans me tombent dessus. L'un des deux m'interpelle.

– T'es qui, toi ?

– Pardon ?

– Qu'est-ce que tu fous là ?

– Je viens parler à…

Je prends une grande inspiration. Je n'ai pas peur d'eux, ils n'ont rien d'impressionnant. Mais j'ai conscience que mes paroles à venir auront de lourdes conséquences.

– Je viens parler à Kam.

– Ah ouais, tu ne veux pas parler au président de la République tant que t'y es ?

Ma naïveté est confondante. Qu'est-ce que j'imaginais ? Qu'il suffit de paraître pour qu'on me déroule le tapis rouge ? La peur me gagne. Une intuition. Qui se vérifie aussitôt, une dizaine de personnes m'encerclent maintenant. Un type d'une vingtaine d'années, tout en muscles, prend le relais.

– T'es qui ?

– Mabataï.

Mon interlocuteur est soufflé. Il siffle d'admiration.

– Ma bataille ! Tu veux te battre contre moi ? Et contre nous tous ?

Mon prénom est décidément difficile à porter. Merci, maman. Je me plonge dans mon monde intérieur et souris en pensant à elle. Mon expression est en total décalage avec la situation. L'inconnu me sort de ma rêverie béate en me poussant brusquement à l'épaule.

– Je te fais rire, c'est ça ?

– Ce n'est pas ce que tu penses. Mon prénom est Mabataï.

– Et moi je m'appelle Maguerre.

Ses collègues se marrent. Ils avancent vers moi avec des intentions à l'inverse de leur expression joviale. Je vais passer un sale quart d'heure et déjà, je reçois une première claque.

– Peut-être qu'il est flic.

– Un flic serait pas assez con pour venir tout seul.

– Et il est trop jeune pour ça.

Les derniers doutes sont levés, ils vont me casser la gueule. Mais…

– Arrêtez tout de suite !

L'ordre a été lancé d'une voix presque timide. Pourtant, il a tétanisé tout le monde. Les bras se baissent, le cercle autour de moi s'ouvre. Kam se présente à moi.

– Comme on se retrouve, petit.

– Tu le connais, Kam ? demande le plus âgé de la bande.

– T'ai-je parlé ?

– Euh, non, Kam.

– Alors tu te tais.

Liquéfié, le grand gaillard semble avoir perdu la moitié de son volume. Kam se tourne vers moi.

– Ton prénom, c'est Mabataï, c'est ça ?

– Oui.

– Vous voyez, ce n'est pas difficile à comprendre.

Kam s'adresse à sa bande qui m'entoure. Il ne s'agit que d'une partie de ses hommes, des seconds couteaux, le menu fretin à qui il daigne à peine parler.

– Vous voyez ce type ? C'est le gars le plus rapide que je connaisse. Alignez-vous tous. Faites dix tours autour du quartier. Celui qui le bat, je lui donne un jour de notre chiffre d'affaires. Et vous savez que le business est très bon en ce moment…

Sans solliciter mon avis, Kam m'invite à me mettre sur la même ligne de départ que ses gars. Ils sont prêts à en découdre. Avec leurs poings, ils étaient dans leur élément. Avec les jambes, je suis dans le mien.

Huit minutes après, j'arrive le premier au point de départ. Il n'y a jamais eu de suspense, j'ai pris un tour sur le deuxième. Une fois à sa hauteur, je me suis contenté d'aller à son rythme sans forcer. J'aurais pu finir le dernier tour en marchant et rester premier. Kam me prend à part.

– As-tu réfléchi à ma proposition ? Veux-tu travailler sous mes ordres ?

Je suis tellement pris au dépourvu que j'oublie pourquoi je suis venu. En m'adressant cette proposition, Kam m'offre une meilleure porte d'entrée que remettre le paquet donné par Samir Dahman. Vu le degré de parano de ses sbires, cela pourrait m'être fatal. La place idéale pour retrouver Sékou, ce sera dans la bande de Kam. Je rassemble tout mon courage.

– Oui.

– Très bien. Tu commences, donc tu seras chouf.

– Chouf ?

– Guetteur, quoi. Nous avons besoin de renouveler notre personnel, hier, l'un des nôtres n'a pas fait le job. Cet imbécile aurait dû reconnaître une voiture de police banalisée. Je l'ai dégagé, tu viens au bon moment.

– Je ne veux prendre la place de personne.

– Chevaleresque mais inutile. Ce sera toi ou un autre, ce n'est pas la demande qui manque ici. Alors, es-tu partant ?

– D'accord.

Kam me saisit par la nuque, colle mon front contre le sien, et d'une voix encore plus basse, il conclut :

– Tu n'as pas intérêt à me décevoir, petit.

L'avertissement fait couler une goutte de sueur froide sur mon front. Quelque chose me dit que ce ne sera pas la dernière au service de Kam.

10

Kam est pensif. Le quartier est en effervescence. La nuit est encore promise à l'émeute et, de cela, il ne veut pas. Trop mauvais pour le business, il faut que les clients puissent circuler sans craindre de croiser des flics, qui ne manqueront pas d'augmenter leur présence en cas de troubles. Il a demandé à voir Jules, son bras droit. Ou plutôt sa jambe droite, comme Kam s'amuse à le vanner en faisant référence à son boitement de la gauche. Les séquelles d'une bagarre de rue, d'avant. Jules aime à convoquer un "avant" dont il ne précise jamais la date. Tout y était plus franc, plus beau. Il était surtout plus jeune, c'est cela qu'il regrette le plus. La démarche irrégulière de Jules résonne comme nulle autre. Elle fait partie du personnage. Un dur, un vrai, à l'ancienne.

Personne n'aime être face à lui, sauf Kam, le seul qui n'a rien à craindre. Le chef de bande est né le jour de la victoire du Brésil lors de la coupe du Monde 1994, une coïncidence dont il est très fier. Il croyait que c'était le signe qu'il deviendrait un grand footballeur, dans la lignée des Bebeto, Romário dont les posters ornaient sa chambre. Mais le destin fait parfois des passements de jambes, tu l'attendais à droite, il te déborde à gauche.

Jules est une montagne de nerfs, son boss est un lac tranquille. Les deux forment un duo paradoxal et complémentaire. Le feu et l'eau.

– Jules, demande à nos gars de mettre un coup de pression pour calmer les casseurs.

– J'irai moi-même, c'est comme si c'était fait.

– Avec le moins de violence possible.

– Il faudra sans doute mettre une petite claque de temps en temps.

– OK, mais pas plus. Fais-leur comprendre que je les ai laissés se défouler et que la vie reprend désormais son cours. J'imagine que les Parisiens ne viendront pas avec tout ce bordel. Il va falloir un peu de temps pour qu'ils soient à nouveau en confiance. Entre-temps, on accentuera le click and collect.

– Le quoi ?

– Les livraisons à domicile.

Jules a la cinquantaine, c'est un vieux de la vieille, il ne se fait pas au nouveau vocabulaire du capitalisme sauvage. Avant de partir relayer les consignes du boss, il lance à Kam :

– Pourquoi tu fais confiance à ce Mabataï ?

– Je ne lui fais pas confiance.

Le bras droit ne s'attendait pas à cette réplique. Il ne s'aviserait pas de la prendre pour de la rigolade. Son boss ne plaisante jamais. Il règne sur le quartier avec un gant de velours. Il rend service aux habitants. Le propriétaire d'un immeuble tarde à faire des travaux chez son locataire ? Il appelle un plombier ou un peintre pour dépanner. Une vieille dame ne peut pas se rendre au supermarché ? Il envoie quelqu'un faire ses courses à sa place. Un habitant se plaint d'une querelle de voisinage ? Il va la régler, par la parole ou par la force.

Mais la main de fer n'est jamais loin. Quand des voisins fraîchement débarqués sont allés lui demander de les débarrasser des dealers de leur hall, il s'est exécuté. Trois mois plus tard, il recrutait leur fils, qui vend de la drogue dans le bâtiment voisin. Sa vengeance, il l'a mangée froide, il déteste qu'on mette en cause son autorité et le bon fonctionnement de son business. Kam se vante de faire de la politique. Malgré tout son poids, il ne pourrait rien contre une action massive de la police. Ses indulgences servent à montrer patte blanche : si un autre prenait sa place, ce serait pire. Le précédent caïd de la cité, Malaki, ne connaissait que la brutalité. L'arbitraire pesait sur tout le monde, y compris les équipes. Quand Kam, qui travaillait pour lui, a fait le ménage, il a soulagé habitants et flics.

Kam n'est pas là pour mener une guerre ou pour conquérir des territoires. Il fait des affaires. Pour se fournir en drogues, il préfère les circuits courts, moins détectables. À la distribution traditionnelle au pied des immeubles, il a ajouté pendant les confinements liés au covid des réseaux dématérialisés, Snapchat et WhatsApp, où on prend commande. Il communique avec son équipe sur EncroChat, une messagerie cryptée. La différence entre Jules et Kam, c'est que ce dernier a une vision. Jules connaît les limites de ses compétences, c'est pourquoi il se contente d'être le numéro deux.

Kam est taciturne. Il écoute plus qu'il ne parle, s'exprime très bas, détache les syllabes. Il compose son sourire le plus sympathique devant les daronnes, n'hésite jamais à sortir personnellement les poubelles d'Unetelle, salue tous ceux qu'il croise dans les couloirs. Pas des "Wesh", des "Yo" mais des "Bonjour" et des "Bonsoir", dans les formes les plus sophistiquées de la politesse. Si les apparences sont essentielles pour lui, il ne fait confiance à personne. Ni à Mabataï ni à Jules. La longévité de son bras droit, rare dans le trafic de drogue, indique soit qu'il est talentueux, soit qu'il a la baraka. Un jour, il pourrait se laisser griser par le poison de l'ambition. Et de la trahison. Il le sait d'expérience, c'est comme ça qu'il est devenu le numéro un.

– Pourquoi tu as pris ce Mabataï dans l'équipe alors ? insiste Jules.

– Parce qu'il court vite.

– Depuis quand un chouf a besoin de courir vite ?

– J'ai d'autres ambitions pour lui.

– Je ne comprends pas.

Il y a des choses qu'il vaut mieux que ses équipes ne sachent pas. Car si Jules apprenait que le père de Mabataï sort avec une flic des stups, ça le rendrait nerveux, très nerveux. Et il ne saurait alors pas juguler son tempérament sanguin. Kam, lui, voit plus loin. Il se dit qu'il dispose grâce au jeune homme d'un appât ou d'une monnaie d'échange en cas de besoin.

PARTIE 2
L'ENQUÊTE

11

De la fenêtre de ma chambre, j'ai assisté à ce qui ressemblait au tournage du clip de ma chanson *Banale flambée dans ma cité.* Je relisais la fin de *L'Étranger* quand un drôle de feu d'artifice m'a interrompu. Tout était pourtant sous contrôle, l'appel au calme de Kam était passé sous le nom de code "Appel au Kam"... Jules avait mis les claques qu'il fallait aux hésitants. Mais l'incendie a pris à partir d'un foyer inattendu. La performance de l'artiste qui avait démoli la voiture dont l'alarme avait gueulé la moitié de la nuit a fait un mécontent : le propriétaire du véhicule. Il ne lui a pas fallu longtemps pour découvrir l'auteur du forfait, dont l'œuvre de démolition tournait en boucle sur Snapchat, TikTok, Instagram et autre X. Des dizaines de téléphones portables avaient filmé la scène légendée avec des smileys et des "mdr". Imperméable à l'humour, la victime a monté une équipe pour régler son compte au gars, qui recevait ce jour-là des amis. Coup de chance pour lui, il se trouve que c'étaient ses partenaires du club de MMA. Si les agresseurs étaient une quinzaine, les quatre invités avaient les armes pour répondre. Parmi eux, un champion d'Europe qui a fait étalage de sa technique pied-poing-sol. Sur quoi des renforts sont arrivés des deux côtés et l'affaire a dégénéré. Ne pouvant s'en prendre directement aux hommes, les vengeurs s'en sont pris à leurs voitures. Ils ont tapé à l'aveugle. Ce qui n'a pas plu au propriétaire d'un 4×4 en flammes, par ailleurs possesseur d'une carabine de chasse, dont le plomb s'est fait entendre, alertant la police. Mêmes causes, mêmes conséquences, une nouvelle flambée, dont les médias ont fait la une, en en attribuant la cause à la mort de Samir Dahman.

L'ambiance pour mon premier jour de "travail" est morose. Je sèche les cours pour gagner la confiance de Kam mais j'ai l'impression de m'être trompé d'établissement le jour de la rentrée et de me retrouver au collège. Les autres choufs ont entre douze et quatorze ans. Les gosses sont insupportables. Comme à l'école, les effectifs sont plus nombreux d'année en année. Jules rigole avec eux mais dès qu'il se tourne vers moi, il devient glacial. Il me fait bien comprendre que si ça ne tenait qu'à lui, jamais je n'aurais eu le job. Il détaille ma fiche de poste d'un ton mécanique. Une seule fois, il desserre la mâchoire, quand il parle d'avant. Le bras droit de Kam m'explique avec nostalgie qu'alors il suffisait d'une poignée de guetteurs munis d'une jumelle postés sur le toit d'une des tours pour repérer les flics de loin. Quelques autres sillonnaient les points aveugles et les grands axes au cas où l'une des sentinelles se serait endormie. Depuis le plan de rénovation urbaine, les grandes barres du quartier ont été remplacées par des bâtiments moins hauts, plus éclatés. Les politiques de la ville n'ont pas supprimé la misère, elles l'ont étalée. Elles ont passé un chiffon sur une tache : celle-ci est certes moins visible mais elle s'est agrandie. Dans cette nouvelle configuration, le travail des guetteurs consiste à rester plantés devant les halls pour surveiller les allées et venues. Parfois, on circule de façon coordonnée, l'un de nous en scooter. Dès qu'on soupçonne un véhicule de police, on le signale en répétant : "Ara !" Kam a calqué sa méthode sur l'existant. Sauf qu'il se refuse à effectuer des contrôles sur les passants aux points de deal. Kam n'aime pas cette façon de faire trop visible qui lui mettrait les habitants à dos. Il tient à sa popularité, elle est le gage de sa longévité.

Dès que Jules s'en va, je dois supporter les blagues au ras des pâquerettes des gamins. Je comprends comment la voiture de la Bac a pu échapper à leur vigilance, ils passent leur temps à se chamailler.

– De toute façon, ils reviendront plus avant des plombes, ils ont trop la pression par rapport à l'actualité.

Bader, douze ans, parle comme un vieux sage et se comporte comme un gamin. Le business – comme ils disent – forme de drôles d'hybrides : des vieillards blasés dans des corps d'enfants. Les plus jeunes ne sont pas engagés pour des compétences particulières mais pour leur âge : ils sont irresponsables pénalement. Et si une bavure touchait un enfant, on aurait droit à des polémiques à la puissance dix et des émeutes à la puissance cent. Si j'avais un poil de jugeote, je me demanderais ce que je fous parmi eux.

– Tu penses qu'il va se passer quoi aujourd'hui ?

– Hein ?

– La météo va être bonne ?

– Hein ?

Le gamin me confond avec Google Météo ? Je suis moyennement porté sur le bavardage, encore moins à propos du temps qu'il fait. Il me balance une grande bourrade.

– T'es con ou bien ? Je te parle de la mise en examen du flic qui a tué Samir.

Je ne comprends rien au langage de la rue, à ses phrases à double sens. La preuve, quand on m'avait annoncé que Sékou était "tombé", j'étais à ce point naïf que j'avais demandé si c'était grave et s'il avait dû aller aux urgences.

– En fait, t'es attardé. Je comprends pourquoi Kam t'a mis avec nous, tu es aussi irresponsable. Toujours aussi malin, le boss !

Jules réapparaît. Il nous engueule parce qu'on cause trop. Quand Bader lui rapporte notre conversation, le bras droit me trouve un surnom peu glorieux, "l'Idiot du village", il dit avec son vocabulaire à l'ancienne. Je fais celui qui n'entend pas, scrutant l'horizon tandis que les gamins sont collés sur internet. L'info tant attendue arrive. L'avocat du policier annonce que son client va être entendu dans un premier temps au titre de témoin assisté, un statut intermédiaire entre le témoin et le mis en examen. Suite au choc, le gardien de la paix Guillaume Thierry ne se souvient de rien, ni pourquoi il était dans ce terrain vague, ni pourquoi on a trouvé Samir Dahman mort à ses côtés. L'enquête va être poussée plus avant.

– L'amnésie... Ils nous prennent vraiment pour des cons...

Bader se tourne vers moi.

– Je ne dis pas ça pour toi, l'Idiot du village, toi, tu l'es déjà.

Les autres se marrent. Mais leurs regards sévères disent tout de la rage qui les brûle de l'intérieur. Cette décision ne va pas calmer la fureur de la rue.

12

Depuis qu'il est en couple avec Magali, mon père est plus cool. Lui qui était sans cesse sur mon dos me lâche du lest au meilleur moment. Il sifflote comme un ado amoureux quand il me propose, sans conviction, de rester dîner avec “Magali”.

– Tu veux dire ta meuf ?

J'aime bien employer le terme parce que ça l'énerve. Ou plutôt, ça l'énervait, tout lui passe par-dessus la tête. On dit que l'amour rend aveugle, il rend sourd aussi – à mes vannes. Je m'apprête tout naturellement à refuser son offre, quand je repense à ce qui s'est passé lors du premier dîner. Je n'ai pas eu le temps de me débarrasser du paquet qui a rendu dingue Albator, et je ne voudrais pas que le chien me grille.

– Je veux bien mais pourquoi on ne sortirait pas pour une fois ?

La mâchoire de mon père pendouille d'étonnement. Celle-là, il ne l'a pas vue venir. J'ai une autre exigence.

– Et pourquoi pas à Paris, pour changer ? À part des kebabs et des pizzerias, il n'y a pas grand-chose ici à se mettre sous la dent.

Mon père ne proteste pas, il est content que le contact soit renoué entre nous. Je l'entends murmurer au téléphone une théorie fumeuse sur les bienfaits supposés d'une présence féminine. Il en veut pour preuve que je parle davantage, ce qui n'est pas faux. Mais il se trompe sur toute la ligne. J'ai choisi Paris pour m'éloigner du quartier, histoire de ne pas être surpris avec une flic par un membre de la bande de Kam. Les murs ont des oreilles et ceux qui tiennent les murs ont une grande bouche.

Arrivés à la place de Clichy, Magali et mon père me laissent choisir le restaurant. D'accord, j'opte pour un kebab.

– Je croyais que tu voulais expérimenter une autre cuisine, relève mon père.

– Euh…

Mon prétexte bidon pour sortir en dehors du quartier vole en éclats. Je vais finir par croire que je suis vraiment l'idiot du village. La vérité est que je ne connais pas autre chose. Je me laisse guider jusqu'à une brasserie typiquement parisienne. Je me dirige vers la caisse pour commander, Magali se marre.

– Ici, ça ne se passe pas comme ça. On prend commande à table.

Plus de doute, je suis officiellement et définitivement stupide. Je décide de ne plus prendre d'initiative, j'observe Magali et mon père, et je calque mon attitude sur la leur. C'est ainsi que je suis Magali aux toilettes des dames, réalisant un sans-faute dans le parcours du parfait gaffeur. Un éclat de rire plus tard, je me redirige au bon endroit où je me lave les mains pour faire genre je-suis-bien-élevé. À table, je me remets du gel hydroalcoolique, cette fois pour meubler l'attente. Elle est interminable, je regrette le service express du kebab du coin. Mon estomac gargouille alors qu'on n'a même pas passé commande. Le concert qui se joue à l'intérieur de moi ne passe pas inaperçu auprès de Magali. Mon père, lui, reste sur son petit nuage.

– Tu as faim, Mabataï ?

– Vite fait, Magali.

– Mange du pain en attendant.

Magali demande une corbeille de pain au serveur. Je réalise que je l'appelle maintenant par son prénom et j'ai un peu honte de sympathiser avec une flic.

– Demain, on va se revoir, Mabataï, poursuit Magali.

– Ah ?

– Bah oui, à ton lycée. Une rencontre policiers-jeunes y est organisée. Les profs ont dû t'en parler.

– Ah ?

Je suis bloqué en mode “Ah ?”. N’ayant pas été en cours de la journée, je ne sais absolument pas de quoi elle parle.

– Tu étais encore dans la lune, c’est ça ?

Mon père me fournit la meilleure des excuses. Il m’a toujours vu en Pierrot lunaire. D’habitude, ça m’agace, en l’occurrence, ça m’arrange. J’ai un problème : je ne vais pas pouvoir être à mon poste de chouf si je dois justement être en cours pour ne pas griller ma nouvelle activité. J’en ai un deuxième, que j’expose à Magali.

– Demain, on ne se connaît pas devant les autres, d’accord ?

– Oui, bien sûr.

Mon père soupire d’exaspération, Magali intervient avant son probable sermon.

– Moi aussi, à son âge, je n’aurais pas assumé de connaître un flic. J’ai grandi dans un quartier, comme celui-ci.

– Vraiment ?

– Qu’est-ce que tu crois, que les policiers viennent d’une autre planète ?

Je ne me suis jamais demandé ce qu’il y avait derrière le bleu de l’uniforme.

– À ton âge, j’étais une élève sans histoire. En première, je ne savais pas trop ce que j’allais devenir, je n’ai pas grandi avec une vocation chevillée en moi. Et puis un jour…

Magali baisse le ton.

– Ce qui est arrivé à Samir Dahman s'est produit pour Omar, mon meilleur ami. Mort lors d'une mauvaise rencontre avec des flics. Je ne les aimais pas, je les ai carrément haïs après ça. Si j'en avais tenu un devant moi, sans témoin, je l'aurais…

La voix tremblante, Magali retient la colère qui monte en elle.

– Qu'est-ce qui s'est passé ?

– J'aurais pu dégoupiller mais je me suis dit que plutôt que de brûler une voiture ou pire, j'allais changer le système de l'intérieur.

– Je ne te comprends pas, ton meilleur ami est mort…

– Ça ne s'est pas fait en un claquement de doigts, il m'a fallu du temps, de la maturité pour que ce raisonnement germe.

– Tu n'as jamais eu envie de te venger ?

– J'ai eu plutôt envie de rendre la justice. Des années après ma titularisation, j'ai eu accès au dossier. J'ai mené ma petite enquête et j'ai relevé toutes les incohérences de la version officielle.

– Donc le flic a payé ? Il est en prison ?

– Non, ça n'a pas suffi.

– Alors ça n'a servi à rien.

– Au contraire, c'est mon moteur. On ne peut pas revenir sur le passé, et c'est parfois injuste, mais je fais tout pour changer le futur. Si cette tragédie a servi à quelque chose, c'est d'avoir influencé mon destin. Aujourd'hui, je me bats pour que les choses changent et je ne laisse rien passer aux collègues. L'un d'eux avait mis une vieille affiche Banania sur le mur de son bureau. Elle représentait de façon caricaturale un tirailleur sénégalais avec le slogan "Y a bon Banania". Un cliché raciste mais il prétendait que c'était de l'humour, il a dégainé la sempiternelle rengaine : on ne peut plus rigoler maintenant. Il a été sanctionné et, en effet, il n'a pas rigolé.

J'avoue, je suis touché par ses mots. Le serveur intervient au bon moment pour mettre fin à la séquence émotion. Mon père s'exprime pour la première fois depuis qu'on est à table afin de passer commande. Il s'est effacé pour nous laisser parler, Magali et moi. À son expression ravie, il est heureux de la tournure de la soirée. Je choisis un burger-frites, et mon père joue les rabat-joie, me faisant remarquer que je pourrais quand même choisir autre chose. La chamaillerie amuse Magali. Le temps d'un repas, elle n'est plus la meuf de mon père, elle est devenue sa compagne, expression plus classe qui caractérise mieux ce que je pense d'elle. En confiance, je m'enhardis :

– Qu'est-ce que tu penses de l'affaire Dahman ?

– Elle est très bizarre. J'ai assisté à l'interrogatoire de Guillaume, le collègue accusé de la bavure. Nous avons fait équipe ensemble dans le temps, il est réglo. L'amnésie, c'est une excuse un peu grosse mais je le crois sincère. Des menteurs, j'en ai vu des dizaines, des centaines, j'ai un détecteur intégré désormais. S'il en est, il mérite un César d'honneur.

– Tu penses qu'il est innocent ?

– Ce n'est pas si simple que ça. Hélas, j'ai eu aussi affaire à d'excellents simulateurs. Le problème dans mon métier, c'est qu'on n'est jamais à 100 % sûr, sauf en cas d'aveux circonstanciés. Et encore, il est arrivé qu'un innocent s'accuse de crimes qu'il n'avait pas commis.

Moi, je sais ce qu'il s'est passé. Au moins en partie, je sais que Samir Dahman n'est pas mort dans le terrain vague où on l'a retrouvé, son corps a été déplacé.

Magali remarque mon flottement. C'est vrai qu'elle a du flair. Heureusement, elle ne va pas jusqu'à lire dans mes pensées.

– À quoi tu penses, Mabataï ?

– Je me dis que ton métier est bien compliqué, je lui fais croire.

– Bien plus que tu ne le penses... Ce Samir Dahman, par exemple, ses défenseurs en parlent comme si c'était une oie blanche. Je déteste le déballage médiatique mais tout ce qui est sorti dans la presse est vrai, il est multirécidiviste. Quand sa sœur parle de lui, elle ne mentionne jamais ce détail.

– Multirécidiviste à dix-sept ans ?

– Il n'y a pas d'âge. Certains guetteurs commencent à ton âge, voire plus tôt. Ça construit une perception du bien et du mal totalement floue. Le devoir moral n'existe plus, ce sont des petits soldats qui obéissent aux ordres.

Magali remarque-t-elle la bouffée de chaleur qui me monte au visage ? Heureusement, j'ai hérité de mes parents ma peau noire, qui m'évite de rougir. Non, elle ne devine pas mon trouble, puisqu'elle poursuit :

– D'après nos indics, Dahman détenait un paquet que Kam recherche à tout prix. Si le caïd arrive à mettre la main sur celui qui l'a, ce dernier va passer un sale quart d'heure. Pire que ça, Jules, son bras droit, claironne qu'il lui fera la peau.

Le serveur arrive avec mon burger-frites. J'ai perdu mon appétit d'ogre. Pris d'une nausée, je touche à peine à mon plat. Je ne prends pas de dessert, et c'est bien dommage, la carte propose une banane flambée…

13

Quel que soit le bout par lequel je considère la situation, la même conclusion s'impose : je suis dans la merde. Ma nuit d'insomnie a tourné autour de cette réalité tenace. J'hésite entre détruire le paquet et l'ouvrir. Il appartient au mort dont tout le monde parle. Une pièce centrale dans l'affaire, détenue par un témoin clé. À court terme, je n'ai pas d'autre choix que de retourner au lycée à cause de cette rencontre organisée avec les policiers. À peine mon deuxième jour de taf et je dois déjà demander une RTT. Kam me donne l'autorisation d'aller en cours via la messagerie cryptée EncroChat. Son laconisme ne me rassure pas vraiment. Je chasse cette mauvaise pensée d'un revers de main. Jusque-là, le dealer a été correct, presque classe avec moi. Si j'ignorais sa position, il serait la personne la plus fréquentable que je connaisse.

À la grille du lycée, à côté des surveillants, un inconnu en survêtement salue les élèves d'une poignée de mains un peu forcée. Lakhdar, comme il se présentera plus tard, est un mec cool. Des anecdotes, il en a à la pelle. Il rivalise avec Jules dans le registre du type-qui-a-tout-vu-tout-connu. L'homme râblé au visage rondouillard est le président d'une association qui œuvre pour le rapprochement entre police et habitants des quartiers. Après son petit "bain de foule" digne d'un politicien en campagne, la ferveur en moins, il s'adresse aux élèves maintenant réunis dans la cour.

– Je suis comme vous. À votre âge, je vivais dans les mêmes quartiers. Si je suis là aujourd'hui, c'est pour vous préparer à accueillir des policiers, qui vont dialoguer avec vous. Vous pourrez connaître leurs métiers, leurs engagements, leur façon de vous considérer. Il n'y aura pas de questions taboues, je vous demande juste d'être polis.

Des murmures gagnent la petite foule rassemblée.

– Il croit qu'on ne sait pas se tenir ?

– Il nous prend pour des animaux ou quoi ?

Et en effet, comme un troupeau, nous sommes répartis en deux groupes aux effectifs inégaux : les peaux foncées d'un côté, les peaux claires de l'autre. Les méchants et les bons. Devinez qui va avoir droit au laïus des flics ? Certains sont entre les deux. Manuel, teint mat, se retrouve un temps parmi les méchants mais quand il évoque ses origines portugaises, il retourne parmi les bons. Charles a beau protester que la Martinique, son département d'origine, est française depuis plus longtemps que Nice, la ville de Mathieu, il reste parmi les méchants. Il y a donc autre chose que la carnation ou l'origine qui entre en ligne de compte dans cette séparation. Certains "bons" protestent aussi que ce tri relève de la stigmatisation. Et en même temps, répondent d'autres, c'est une action sociale nécessaire.

Je suis évidemment parmi les "méchants" et nous voici donc rassemblés dans le gymnase. Lakhdar nous annonce que des journalistes viendront assister au débat. Avant cela, il nous invite à un temps de "libération de la parole".

Les premières réactions fusent :

– J'aime pas les flics.

– Vous avez vu ce qu'ils ont fait à Samir ?

– Ils servent à rien.

Voilà ce que Lakhdar ne veut surtout pas entendre face aux caméras et aux micros. Il explique que les policiers vont prendre le temps pour échanger avec eux, que l'image du quartier est en jeu. Il sort une anecdote de son chapeau : un de ses amis d'enfance, banlieusard devenu baqueux, sera présent. Lakhdar, qui a dépassé la quarantaine, dit "nous" quand il parle des jeunes des quartiers. Son taux d'utilisation des anglicismes est au-dessus de la moyenne, il veut constituer une *safe place* pour un dialogue *secure*. Il propose un exercice de sophrologie, mais un petit rigolo lui sort *"I can't breathe"*, la dernière phrase du malheureux George Floyd, mort étranglé par des flics américains. Ce n'est certes pas la blague la plus heureuse du monde mais voilà que Lakhdar perd son sang-froid.

– Vous vous rendez compte de ce qui se joue ? Dans quinze minutes des journalistes vont filmer la rencontre avec les policiers. Si quelqu'un sort ce genre de phrase à la con, il se grille lui et tout le lycée, bande de…

Lakhdar s'interrompt. Un autre rigolo lui suggère un exercice de respiration pour se détendre. Le mec cool est à bout de nerfs et il décide que dix minutes de pause feront du bien à tout le monde. On se scrute tous en se demandant ce qu'on fout là. Adam file discrètement rejoindre Lakhdar, à l'écart, en train de se maudire d'avoir accepté cette mission d'apaisement impossible. L'élève de seconde se confie à lui, en lui faisant jurer le secret : il veut devenir policier. Il y a deux ans, Adam jouait au foot, au poste de gardien de but. Peu doué, il avait encaissé un énième but. Un de ses coéquipiers s'était moqué de lui, lui sortant une blague du genre "Même ton grand-père, il l'aurait arrêté, celui-là". Pas de chance, le grand-père d'Adam était à l'article de la mort. Adam avait pété un plomb, rouant son coéquipier de tellement de coups que celui-ci avait fini à l'hôpital. Accompagné de ses parents, il n'en menait pas large devant le procureur de la

République qui, en guise de peine, lui avait fait un rappel à la loi. Pour qu'il prenne bien conscience de son acte, celui-ci lui avait ordonné des visites au commissariat. Il y a appris à connaître les métiers de la police et il s'est attaché à certains flics. Au point qu'il est devenu le chouchou du commissariat. Les yeux de Lakhdar brillent. Il tient sa pépite.

Il se sent suffisamment en confiance pour accepter que les journalistes nous rejoignent. Dès lors qu'il croise un objectif, le président de l'association compose son plus beau sourire. Pas un micro ne lui échappe. Quand un journaliste se dirige vers l'un de nous, il se rapproche pour espionner les propos échangés. Samba a à peine le temps de dire qu'il se sent pris en otage par cette opération médiatique qu'il est coupé par Lakhdar, qui jure que ce n'est pas ce que le jeune homme a voulu dire. Il emmène l'empêcheur de communiquer en rond dans un coin. La discussion paraît animée, on devine qu'il s'agit en fait d'un sermon.

Lakhdar relance la séance de libération de la parole. Il fait un *all-in* sur Adam, terme de poker qui signifie qu'il mise tout sur lui. Malgré sa promesse de discrétion, il crie :

– Vous savez qu'Adam veut être policier ?

L'adolescent ne sait plus où se mettre. Aveugle ou indifférent au malaise de celui-ci, le président de l'association le bombarde de questions. Le spectacle gênant cesse quand les policiers arrivent. Ils sont cinq en uniforme, sur leurs gardes mais sans plus. Ils s'attendent au pire à tomber sur quelques grandes gueules. Les questions et réponses virent à un échange entre les policiers et Adam, bien que le pauvre lycéen ne lève jamais le doigt. Avant chacune de ses prises de parole, Lakhdar précise "notre futur policier", au cas où les autres élèves l'auraient oublié.

Parmi les cinq flics, il y a donc Magali. La compagne de mon père n'a pas une seule fois tourné la tête vers moi, me témoignant une parfaite indifférence. Tout le contraire de Lakhdar avec Adam. L'échange est convenu. Magali qui, hier, m'a ému de façon inattendue, est froide comme un glaçon. Ses réponses sentent le réchauffé :

– Je me suis engagée dans la police pour protéger et servir… Mon action vise à faire appliquer la justice… L'intervention dont je suis la plus fière est celle que je mène au quotidien.

Magali et ses collègues servent les mêmes phrases, dont le ton mécanique trahit la préparation. Des éléments de langage de communicant. Aucune authenticité. Je ne sais pas ce qui me prend, je lève le doigt. Lakhdar hésite à me donner la parole. Profitant du flottement, je m'impose :

– Madame Sergent, y a-t-il un événement de votre vie personnelle qui vous a poussée à devenir policière ?

Je reprends notre conversation de la veille. Magali me fixe pendant dix bonnes secondes. Dans ses yeux, je lis son incompréhension. À quoi tu joues ? me demandent ses sourcils froncés. Je veux juste qu'elle soit humaine, qu'elle dise ses propres mots, qu'elle oublie le cadre, et ce qu'on attend d'elle et de nous tous. Elle semble saisir mon intention.

– Eh bien, j'étais comme vous au lycée quand un camarade de classe a été…

Au milieu de sa phrase, la porte du gymnase s'ouvre. Des journalistes de la première chaîne de télé. Lakhdar se précipite vers eux, traînant Adam avec lui.

– Vous savez qu'Adam veut être policier ? commence le président de l'association.

L'histoire de Magali ne restera connue que de moi. Un reportage de trois minutes dans le JT le plus regardé de France vaudra à Lakhdar Kadach de recevoir quelques mois après la médaille de chevalier de la Légion d'honneur de la main du président de la République, à l'Élysée, qui le citera comme un "exemple de réussite républicaine". On ne reverra plus Adam au lycée, "le futur policier" est devenu l'objet de toutes les moqueries. Dégoûté, il ne répondra jamais à l'appel de sa vocation.

14

– Sékou ! Sékou ! Sékou !

Les mots se confondent avec le bruit de la rue. La foule est dense à la sortie du lycée. Est-ce que je rêve éveillé ? Je ne devine que ces mots me sont adressés que lorsqu'une main se pose sur mon épaule.

– Dites donc, vous êtes dur de la feuille !

Je reconnais la psychologue, je ne comprends rien à son expression. Elle lit la surprise sur mon visage.

– Je voulais dire que vous entendez mal. La feuille, c'est l'oreille en argot… en vieil argot.

– Ah, d'accord. Désolé, je n'ai pas connu Victor Hugo. Au fait, je ne m'appelle pas Sékou mais Mabataï.

– Ah oui, j'ai interverti avec le prénom de votre ami ! Il faut dire que vous m'avez plus parlé de lui que de vous… Comment allez-vous ?

– Vous aussi, vous voulez libérer ma parole ?

– Ha ha ! Plusieurs élèves ont utilisé cette expression avec le même ton sarcastique en évoquant la rencontre avec les policiers. Mais ce n'est pas le sujet, je souhaite savoir si vous allez mieux.

– Je n'allais pas si mal lors de notre rencontre.

– Mais vous aviez besoin de parler.

Un point pour elle. Son écoute, son attitude prévenante tranchent avec les sourires faux de Lakhdar. Après l'expérience catastrophique avec le président de l'association, elle m'inspire d'autant plus confiance. Elle m'indique du doigt le banc d'un abribus. Le prochain bus, en retard, est annoncé dans quinze minutes. J'ai du temps à tuer, j'accepte.

– Vous désirez vous asseoir ?

– Le truc des psys, ce n'est pas le divan ?

– On fait avec les moyens du bord. Plus sérieusement, vous me parliez de Sékou. Il est tombé, me disiez-vous. Vous avez essayé d'entrer en contact avec lui ?

– En tant que mineur, j'aurais besoin de l'autorisation de mon père pour le visiter au parloir et si vous connaissiez le bonhomme, vous devineriez que ce n'est pas une option.

– Vous savez pourquoi il a été arrêté ?

– Vous êtes psy ou policière ?

Cette femme pose trop de questions. Je ne suis pas obligé de lui répondre, après tout.

– Vous avez d'autres amis ?

– …

– Vous sortiez avec Sékou ? Avec des amis communs ?

– …

Dans les séries américaines, il y a toujours ce moment où le flic lit ses droits à celui qu'il arrête. Parmi eux, le droit constitutionnel au silence. Je suis à la fois agacé et intrigué par sa curiosité.

– Qu'est-ce que vous me voulez ?

– Rien de spécial. Vous préférez que je vous laisse tranquille ?

Je ne sais pas trop. Le long monologue de Lakhdar m'a saoulé mais pourquoi pas un peu de compagnie ? Plutôt que de m'exposer, je préfère poser les questions.

– Dites-moi, madame, quelle est l'histoire la plus curieuse que vous ayez connue ?

– Il y en a plein.

– Une au hasard.

La psy enroule la lanière de son sac autour de son index. Au bout de trente secondes de ce petit manège, elle s'arrête.

– Ce n'est pas l'histoire la plus curieuse mais celle pour laquelle j'ai eu le plus de doutes. Je vais donner de faux noms pour ne pas trahir le secret professionnel. Il s'agit de… disons Lila, une étudiante. Elle était partie au Japon pour disperser les cendres de son frère Krimo, mort lors d'un accident de voiture. C'était son premier voyage sans ses parents et elle y était allée sans leur consentement. Ils sont musulmans, ils étaient contre l'incinération.

– Ah oui, c'est une drôle d'histoire.

– Attendez, je n'ai pas fini. Elle m'avait parlé d'Adel, un jeune homme de son âge qu'elle avait rencontré dans l'avion Paris-Tokyo. Il l'avait aidée à mener à bien sa mission au Japon car il connaissait mieux qu'elle le pays…

– Je ne vois pas ce qu'il y a de bizarre.

– Eh bien, je n'ai jamais su si Adel avait vraiment existé ou si c'était le fruit de son imagination. Après un choc émotionnel, il arrive qu'on se crée un double pour se donner du courage. J'ai essayé de mener ma petite enquête sur cet Adel. Je n'en ai jamais trouvé la trace mais je n'ai pas de grands moyens d'investigation.

– Et qu'est-ce qu'est devenue cette Lila ?

– Elle devait rester au Japon seulement une semaine, le temps de disperser les cendres de son frère, elle avait finalement prolongé son séjour d'un an. Elle était revenue en France seule, en attendant Adel qui devait la rejoindre. C'est ce qu'elle m'avait répété lors de nos séances. Et puis…

– Et puis ?

– Elle a interrompu sa thérapie, je n'ai jamais su la suite. Mon métier est parfois frustrant, on ne connaît pas toujours toute la vérité.

Ça, c'est bien vrai ! L'esprit humain est tordu, il s'invente parfois des fables. Une folie douce pour ne pas sombrer dans la folie dure. Tiens, ça ferait un joli couplet, je le note dans ma tête.

– Vous avez beaucoup d'imagination, n'est-ce pas ?

– Oui, je crois, pourquoi ?

– Je ne vais pas vous faire un cours de morphopsychologie mais je devine à certains détails que vous êtes probablement un créatif.

C'est la première fois qu'on me voit comme ça. D'habitude, je suis dans la lune (pour mon père) ou je suis taré (pour mes camarades du lycée) ou l'idiot du village (pour mes collègues choufs).

Le bus arrive enfin. La psy se lève, je lui emboîte le pas. Quelques usagers se glissent entre nous et la conversation se termine. Les mots de la psy à propos de cette Lila me reviennent en tête. *Ne pas savoir toute la vérité*… Il est temps que je sache ce qu'il y a dans le paquet de Samir Dahman.

15

Je passe par l'appartement en coup de vent. Vérifie que mon père n'est pas dans les parages. Cherche le paquet que j'ai enterré sous un million de papiers et de vêtements. Impossible de mettre la main dessus. Je plonge à nouveau ma main dans le tas. Tâte à l'aveugle un peu partout. Ne le retrouve toujours pas. Sueurs froides. Qui a pu le dénicher ? Mon père, qui aurait rangé ce qu'il appelle mon bazar ? Magali, qui aurait mis le nez dans mes affaires avec son chien Albator ? Au bord de la syncope, je sens enfin le paquet. Ouf, il était juste enfoui encore plus profondément que je ne le pensais. Je l'ouvre et découvre des sachets de drogue, comme attendu, et une clé USB. Tiens, tiens. Je l'enfonce dans mon ordi quand la parano ou un réflexe de survie me rattrape. Je vais la consulter au lycée, on ne sait jamais.

Le lendemain, j'annonce par messagerie à Kam que je souhaite désormais commencer le guet après les cours, sinon mon père va me tuer. Il me répond que c'est une très bonne idée, qu'il veut "des personnes qui en ont dans le cerveau dans son équipe", il a déjà "suffisamment de bras cassés et de têtes brûlées comme ça". Aucune faute dans ses messages sur EncroChat, pas d'abréviation, de langage SMS, de smileys. On dirait les mots d'un prof. À fond dans son rôle, il me donne pour consigne d'être attentif en cours et d'avoir des bonnes notes. Il se prend pour mon grand frère ou quoi ?

Le cours d'histoire est interminable. Quelques petits malins se tournent vers moi quand on parle de bataille. Un classique. Heureusement, ils n'ont pas la référence de la chanson de Balavoine, sinon ils arriveraient à m'en dégoûter. On l'a écoutée des centaines de fois avec maman, c'était notre hymne.

La sonnerie douce de fin de l'heure retentit. Il y en aura bientôt une deuxième, tout aussi sirupeuse. Elles me tapent sur le système mais bon… J'ai un trou dans mon emploi du temps, j'en profite pour me rendre en salle d'informatique. Je m'installe à un poste de travail face à la porte, on ne sait jamais. Peut-être que les fichiers de Samir, ce sont juste des pornos ou des trucs dans le genre. Je jette des coups d'œil à droite et à gauche au cas où il y aurait des yeux indiscrets.

La clé est dans son port USB. J'y vais, j'y vais pas ? J'ai la tremblote au moment de cliquer sur l'un des dossiers. Le premier est un fichier Excel rempli de chiffres. Je n'y capte rien. Il y en a plein comme ça, c'est la même langue pour moi : du chinois. Un fichier avec une extension bizarre me nargue. Je ne connais pas du tout ce format. Si c'était chez moi, je n'ouvrirais pas, par peur d'un virus. Mais là…

Un clic et c'est le bordel. Un message s'affiche immédiatement sur une boîte de dialogue.

C'est qui ?

Je n'aurais jamais dû ouvrir ce truc. Mon interlocuteur poursuit :

Qui que tu sois, Samir m'avait dit d'envoyer ces fichiers s'il lui arrivait quelque chose. J'imagine que tu es là pour ça. Bonne chance mon gars, tu en auras besoin. Et fais gaffe, dès que ça passe par internet, rien n'est sécurisé.

Je n'aurais jamais dû cliquer. Des fichiers sont automatiquement transférés. Je veux retirer la clé USB mais la vitesse de téléchargement est météorique. Je respire un bon coup. Je me répète que je panique pour rien. Il faut juste que je sorte d'ici au plus vite.

Mais voilà que j'entends des pas. Pas n'importe lesquels. Ceux de Jules. Le boitement du bras droit de Kam est reconnaissable entre mille. Un surveillant l'intercepte :

– Qu'est-ce que vous faites ici ?

Pas de réponse. J'imagine que Jules a sorti la machine à claques. D'autres voix couvrent le silence. D'autres surveillants interviennent. Plus avisés, ceux-ci reconnaissent Jules. Ils le laissent passer son chemin comme si de rien n'était.

Je suis seul avec moi-même. J'essaie de me raisonner. L'unique idée qui me traverse l'esprit est d'une simplicité qui me fait douter qu'elle soit bonne. La salle est au premier étage. C'est haut mais pas de quoi me casser une jambe si je m'y prends bien. Il ne me restera alors qu'à courir jusqu'à la grille. Je n'ai pas le temps de chercher un plan B. J'inspire profondément, un, deux, trois. Je m'imagine dans un jeu vidéo de guerre. J'y vais. Ouverture de la fenêtre, go, go, go, saut, go, go, go, roulade au sol pour assurer la réception, go, go, go, course dans la cour vide, go, go, go, franchissement de la grille, go, go, go. Voilà, je suis dehors, à l'air libre, je n'ai plus à courir. Je comprends mieux pourquoi Kam m'incite à avoir du plomb dans la cervelle : mes assaillants se sont tous précipités à l'intérieur, personne pour me cueillir à l'extérieur. Ils étaient pourtant au moins cinq.

C'est la première remarque que fera Kam. La deuxième, il la gardera pour lui. Quand Jules lui expliquera qu'il est entré en moins de quinze secondes dans la salle d'informatique et qu'il a tout de suite jeté un œil par la fenêtre ouverte sans voir personne, Kam saura qu'il n'y a qu'une seule personne capable d'aller aussi vite. C'est ce jour-là qu'il a fini de se persuader de me faire participer au casse.

16

Être guetteur, c'est attendre, attendre et encore attendre. À la moindre voiture de police, je gueule : "Ara ! Ara !" Mon tour dure de deux à quatre heures en fonction de mon emploi du temps. Nous sommes payés à l'heure. Kam est généreux : 15 euros de l'heure à ne rien faire. La main-d'œuvre est nombreuse, tout le monde se bat pour obtenir un maximum de créneaux. L'ampleur de la tâche n'est pas colossale et nous ne risquons presque rien. Enfin moi, si. Ma plus grande crainte est de tomber nez à nez avec Magali et son molosse Albator. Ce n'est pas son secteur mais il pourrait lui arriver de faire un détour au hasard, comme la première fois que je l'avais croisée. Elle passait juste voir un collègue après le service et elle m'avait reconnu d'après les photos que lui avait montrées mon père. Elle avait ensuite insisté pour me rencontrer le soir même et me faire la morale.

Plusieurs semaines se sont écoulées, j'essaie de trouver un rythme de croisière entre les cours et le business.

Mais mes notes fléchissent, mon père me demande régulièrement ce qui se passe. Il ressort son hypothèse d'une amoureuse, ce qui expliquerait mes résultats en berne. Il est complètement à l'ouest, le daron, il projette ses propres sentiments envers Magali sur le monde entier. Bizarrement, c'est Kam qui me met le plus la pression pour que je redresse ma moyenne générale. Il demande à voir mon bulletin. À ma connaissance, je suis le seul à recevoir une telle attention. Les autres choufs y voient du favoritisme – à raison – et ils me calculent encore moins.

Je profite de mon argent de poche supplémentaire en achetant du matériel pour créer ma musique. Plus que jamais, j'en ai besoin pour décompresser. Je travaille autour d'un refrain qui me trotte dans la tête :

Banale flambée dans ma cité
Dessert servi toute l'année
Banale flambée dans ma cité
La crème brûlée, notre spécialité
Banale flambée dans ma cité
Les flics vont bientôt débarquer
Banale flambée dans ma cité
Trop tard le quartier a déjà cramé

Je m'inspire de ce que je vois, de ce que j'entends tous les jours. L'alarme qui a gueulé toute la nuit et le règlement de comptes qui a suivi forment les deux premiers couplets. J'ai de la matière pour faire un couplet par jour, les embrouilles de la cité sont une source d'inspiration inépuisable.

Depuis l'affaire, ça n'arrête pas, à tous les niveaux. Katia, la sœur du défunt, prend une part prépondérante dans les débats. Elle se bat pour la reconnaissance du meurtre de son frère. Au début, elle agissait seule sur les réseaux sociaux. Peu à peu, elle s'est entourée d'un collectif. Ses posts sur Instagram sont désormais des communiqués écrits au nom de tous. Voici le dernier :

Cher·ère·s tous·tes

Le collectif #PourSamir organise une grande manifestation à Paris la semaine prochaine. Le lieu sera communiqué au dernier moment pour éviter le ciblage de la police, systématique lorsqu'il s'agit "d'encadrer" des mouvements citoyens. Tant pis pour l'autorisation de la préfecture, nous ferons sans, à notre manière, selon nos modalités politiques. Nous avons fini de subir, nous agissons selon nos propres contraintes et notre propre agenda.

Notre comité de pilotage regroupe 25 associations de lutte contre les violences policières et des frères et des sœurs de larmes dont l'un·e des proches est tombé·e. Notre but est que le caractère systémique de ces exactions soit reconnu : par les tribunaux et par les politiques. Nous ne lèguerons pas à nos petites sœurs, à nos petits frères, à nos enfants, le monde des privilèges. Nous nous battons pour iels, autant que pour nos défunt·e·s.

Frères et sœurs de lutte, cultivons notre saine colère contre l'injustice. #LaPoliceTue

Katia Dahman est régulièrement invitée sur les plateaux télé. Elle a seize ans et son charisme crève l'écran. Son combat a pris un net tour politique, relayé par des associations, des collectifs citoyens, des personnalités et des partis politiques. Ses grands mots, ses grandes idées m'échappent. Reste que je suis admiratif de son courage, de son énergie, de son intelligence, de son amour pour son frère. Son combat inspire autour d'elle. À chaque manifestation sont vendus des maillots à l'effigie de Samir au bénéfice du collectif #PourSamir. Même si les relations avec mon père se sont détendues, j'en ai acheté un pour le provoquer. Il a pris ça avec le sourire, vraiment plus rien ne l'atteint. Magali en a aussi rigolé. Kam, lui, m'a interdit de "porter ce truc". Il s'est exprimé sur le même ton dédaigneux qu'il emploie avec les bras cassés de son équipe. Tout ce qui peut attirer l'attention des flics est un danger pour ses affaires. Ce serait trop bête de donner une raison de se faire contrôler. Il a même élevé la voix pour me dire qu'il ne voulait plus voir ce visage. Sa nervosité inhabituelle trahissait son sentiment de culpabilité.

17

Je n'ai pas eu besoin de le chercher, Sékou est venu me trouver à l'appartement. Ses grands yeux ronds me fixent. Son regard, son visage, son corps, rien n'a changé chez lui. Un moment de gêne nous paralyse. Sékou y met fin à sa façon : avec un grand rire. Il me secoue d'une bourrade à me faire perdre l'équilibre.

– Mabataï, ça va, frérot ?

– Qu'est-ce que tu as fait depuis tout ce temps, Sékou ?

– Tu as appris à parler ?

– Si tu savais… Mais à toi de me dire. Je n'ai pas eu de nouvelles depuis si longtemps. Tu refusais les visites au parloir…

– Oui, je sais. Je voulais pas que tu me voies dans ce trou. Ta place était auprès de ton père après le départ de ta mère.

– Ça m'aurait fait du bien d'avoir quelqu'un d'autre à qui parler à ce moment-là…

Cette dernière phrase, je l'ai dite sur le ton du reproche. Je m'en veux un peu. Sékou a galéré, je n'ai pas le droit de lui en vouloir. Il ne m'en tient pas rigueur.

– Je vois que tu as bien poussé, "mon fils Mabataï". Tu es même devenu plus grand que moi.

– Toi, tu n'as pas du tout changé, c'est dingue.

– Je suis toujours plus beau et plus drôle que toi.

– Et plus mystérieux… Quoi de neuf, Dubœuf ? je lui demande en piquant une de ses expressions.

– Je suis passé te faire un coucou, frérot. Je reviendrai plus longuement. Tu sais, je t'ai vu au parking, c'est pourquoi je suis là. Fais attention à toi. Kam est capable du pire, ce n'est pas ton monde.

– Ni le tien, Sékou.

– Si tu savais ce qu'ils m'ont fait en maison d'arrêt…

– Tu veux qu'on en parle ?

– Laisse tomber.

Sékou me serre à nouveau dans ses bras. Son étreinte est puissante, j'en ressens une douleur aux côtes, mais je n'ose pas lui dire, je dois être viril devant mon pote. Au bout d'une longue minute, j'essaie de me dégager. Il ne me relâche pas. Porte ses mains vers mon cou. Je le repousse. Il revient à la charge plus fermement. Il bloque ma parade, immobilise mon bras et m'étrangle. J'ai beau faire une tête de plus que Sékou, il est beaucoup plus fort que moi. Ses muscles, il les a taillés en taule tandis que je contemplais l'étoile du nord. Il tient sa proie, je ne peux plus crier pour alerter mon père. Je me débats. Si j'arrive à le faire reculer ne serait-ce que d'un mètre, je pourrai me libérer et m'échapper, et il ne me rattrapera pas. Comme s'il entendait mes pensées, Sékou me dit :

– Il n'y a plus rien à faire. Tu n'aurais jamais dû voir cette scène. C'est Kam qui m'envoie, je n'ai pas le choix, c'est toi ou moi.

Je suffoque. Sans force dans les bras, je suis en train de partir doucement. Je vais retrouver maman, je devine déjà son sourire en me voyant.

Suis-je déjà parti quand je l'entends me dire "Mon fils, je ne t'attendais pas si tôt" ? Je suis entre deux sentiments, triste de quitter ce monde et heureux de retrouver maman. Elle me parle.

– Ça va, Mabataï ? Ça va, mon fils ?

Ce n'est pas la voix de ma mère. C'est celle de mon père. Il me secoue dans mon lit.

– Tu criais dans ton sommeil, tout va bien ?

– Sékou ?

– Non, c'est moi, ton père.

– Où est Sékou ?

– Il n'y a personne d'autre que moi ici. Tout va bien, fiston.

Mon père veut m'enlacer mais j'ai un réflexe de recul. J'ai peur qu'il essaie de m'étrangler, lui aussi. Mon regard ricoche aux quatre coins de la pièce, à la recherche d'une ombre. Un frisson me parcourt. Mon père passe sa main autour de mon épaule. Je me laisse faire. Sanglote. Quand je me fonds dans ses bras, je suis à nouveau le gamin de cinq ans que son père rassure :

– Ce n'était qu'un cauchemar, Mabataï. C'est fini maintenant.

Vraiment ? Au contraire, j'ai l'impression que ce n'est que le début du cauchemar.

18

J'aurais voulu parler de ce rêve à la psychologue, mais la cellule d'écoute a fermé une semaine après la mort de Samir Dahman. Sept jours, pas un de plus, c'était le temps qu'il nous fallait pour nous remettre du choc traumatique. Après, la boutique baissait le rideau.

Je me replie sur moi, de peur de me griller auprès de Kam, de mon père, de Magali. Quelle idée le paternel a eue de se mettre en couple avec une flic ? Pourquoi maintenant ? Une partie de moi lui en veut aussi de trahir la mémoire de maman. Une autre lui reconnaît le droit de refaire sa vie. C'est compliqué, ça tourbillonne dans ma tête. À quoi bon continuer cette enquête qui ne mène à rien ? Qu'est-ce que j'attendais en infiltrant un réseau de drogue ? Comment j'ai pu penser que je retrouverais Sékou autrement qu'en rêve ? Plus d'une fois, je me suis promis d'abandonner mais je n'ai pas eu le courage. Je me vois mal dire à Kam : "Ça y est, c'est bon, mon évolution de carrière ne me satisfait pas, je veux me recentrer sur autre chose." Ça ne passerait pas avec le sourire.

Parfois, je suis tenté de tout avouer à Magali. J'ai un peu confiance en elle. Seulement "un peu", elle reste une flic. Qu'est-ce que je peux lui dire ? Que j'étais dans le parking le jour où Samir Dahman a été tué ? Que je sais pourquoi son collègue ne se souvient de rien ? Quelles seraient les conséquences sur ma vie au quartier ? Et, surtout, sur Sékou, qui était lui aussi présent sur les lieux du crime ? Moi, je peux toujours m'en sortir avec un déménagement. Mon père a vingt ans d'expérience dans l'Éducation nationale, il a accumulé suffisamment de points dans des établissements REP+ pour "se la couler douce au Lavandou". C'est une de ses formules, qu'il corrige aussitôt par : "mais les gosses ont plus besoin de moi dans les quartiers". Avec les jeunes, mon père oscille entre découragement et envie d'y croire. Un jour, il jure qu'il va abandonner, le lendemain, il pense qu'il va sauver le monde.

Ma crise de conscience est profonde. Mes résultats scolaires, qui fléchissaient, sombrent. Depuis mon cauchemar, je ne suis plus le même. S'agissait-il vraiment d'un rêve ? Il paraissait tellement réel mais, soyons sérieux, Sékou n'a pas pu s'envoler comme par enchantement. La confusion entre réalité et imagination me conduit à me demander si, au fond, je ne l'ai pas imaginée de toutes pièces, cette scène du parking. Pour me rassurer sur mon état mental, je vais parfois vérifier que le paquet de Samir Dahman existe bel et bien. Je le déterre de sa cachette, dans le bois où Sékou et moi on jouait, gamins. La marque qu'on avait taillée dans l'écorce d'un arbre est toujours visible : M + S = BFF, c'est-à-dire *Mabataï + Sékou = Best Friends Forever*. On avait fait un pacte de sang et tout.

Deux mois de doutes, c'est long. Sans composer de musique, c'est interminable. Plus d'inspiration. Je me pose parfois sans conviction devant ma table de mixage. Il est loin le temps où je bricolais des boucles sur mon ordinateur, j'ai investi dans du lourd. Mais la matière première s'est consumée. Silence complet dans ma tête.

Quand Kam demande à me voir la veille des vacances de février, il me sort en quelque sorte de ma torpeur. Notre entrevue ne dure que cinq minutes. Il m'annonce que j'ai une promotion, que je vais être livreur pendant ces vacances scolaires. Si ça se passe bien, il va me confier des missions plus importantes. Une fois la décision connue, les autres guetteurs se plaignent : pourquoi moi et pas eux ? Je n'ai pas particulièrement brillé dans mes fonctions, en tout cas pas plus que la moyenne. Kam n'est pas du genre à négocier, il demande à Jules de remettre les rouspéteurs à leur place à coups de claque. Les choses bougent, je suis content. Une sorte de soulagement me gagne alors que je devrais redoubler de méfiance.

19

Les livraisons se succèdent à un rythme effréné. Mais Kam insiste : nous sommes payés à l'heure, pas à la course. Le chef de bande ne veut pas que l'un de nous se fasse bêtement prendre à cause d'un excès de vitesse. Ça n'empêche pas certains de se laisser griser par le bruit du moteur, ils font des roues arrière, des zigzags, des dépassements au millimètre… Les rodéos urbains attirent l'attention, le contraire de la discrétion requise par la fiche de poste. Je comprends mieux pourquoi j'ai été recruté, je respecte scrupuleusement les consignes. Les points que je gagne auprès de Kam, je les perds auprès de mes collègues, qui me traitent de fayot. Même si je le voulais, je serais incapable de reproduire leurs acrobaties, je suis un piètre motard. Les courses proches, je les fais en footing, ce qui me vaut un rab de moqueries. Il n'empêche que je suis mieux en mouvement qu'immobile à guetter. Notre rayon d'action est large, jusqu'à Paris, je veux bien croire Magali quand elle affirmait que Kam est peut-être le plus gros dealer de la région.

Magali est sympa, Mme Sergent me terrorise. La seule fois où je me suis permis un zigzag un peu limite, c'est quand j'ai cru l'apercevoir dans son uniforme. Comme je bouge, j'entre parfois dans son secteur. J'essaie de recueillir son planning auprès de mon père. Il n'y voit que du feu, il est satisfait que je m'intéresse à sa compagne. Je lui ai même promis de lui rendre visite au commissariat, sous prétexte de créer un lien avec elle.

Il est 17 h 30, j'entre dans le périphérique parisien. Le printemps est doux, j'ai relevé la visière de mon casque pour sentir le vent sur mon visage. Je dois livrer une soirée dans un quartier bourgeois, ce seront donc des drogues plus chères.

Arrivé à destination, je compose le digicode que m'a fourni Jules. Un homme m'ouvre. Les yeux exorbités, il est euphorique.

– Vous êtes Stéphane Pichard ?

– Hein ?

– Stéphane Pichard ?

Je lui gueule à l'oreille mais il ne m'entend pas. La musique est poussée à fond, je crois reconnaître Harry Styles. Pas trop mon genre mais je ne suis pas venu ici pour danser. Le gars m'entraîne vers un immense salon. Un monde fou remue dans tous les sens. Il est à peine 18 heures et certains sont déjà dans un état… Les bourgeois font la fête 24 heures sur 24 ou quoi ? Tout en se trémoussant, le gars me demande de le suivre. Sa raideur fait penser aux gestes d'un policier réglant la circulation à un carrefour. Sékou aurait plaisanté qu'il danse comme un Blanc, c'est ce qu'il disait de moi lors de mes rares tentatives.

Nous arrivons dans une pièce moins bruyante.

– Je cherche Stéphane Pichard.

– Pourquoi ?

– C'est une affaire entre lui et moi.

Le gars part dans un fou rire, qui n'est certainement pas dû à ma phrase. Plutôt à l'alcool ou la drogue, ou aux deux à la fois. Il me conduit complètement à l'opposé, me demande d'attendre devant une porte. Elle s'ouvre sur un géant maigrelet qui me regarde à peine.

– Tu es en retard.

Il raconte n'importe quoi, personne n'a fixé d'horaire, mais je sais d'expérience que les camés ne sont pas fiables et que les camés riches se croient tout permis.

– Attends, je vais chercher la thune. Tu me files la marchandise ?

– Quand j'aurai l'argent.

– Après toutes ces années, Kam ne me fait toujours pas confiance ?

Les consignes sont claires :

1. On livre après qu'on nous a donné l'argent.

2. On compte devant le client pour éviter tout litige.

3. Si on nous menace, on donne immédiatement la marchandise. Jules se chargera de régler l'affaire plus tard.

4. Si les flics interviennent, on fuit si on peut, sinon on se laisse faire. Un avocat sera envoyé dès que possible pour faire valoir nos droits.

5. Si quelqu'un prononce le nom de Kam, il faut le rapporter. Ça signifie que le mec parle trop et qu'il faut arrêter de faire du business avec lui.

Autant dire que c'est la dernière fois que je vois ce Stéphane Pichard, qui me fait attendre beaucoup trop longtemps. Il a mal refermé la porte derrière lui, elle est entrebâillée. J'aperçois une dizaine de personnes de dos. Ils s'écharpent sur des questions politiques.

– Notre action est efficace mais elle pourrait être mieux coordonnée. D'autres familles de victimes se plaignent de la trop grande place que prend Katia dans les médias, elles souhaitent que l'action soit plus collective, moins personnalisée. N'oublions pas que notre objectif est politique, il vise les structures d'État : la police, la justice, le gouvernement…

– Je t'interromps tout de suite, Khaled, moi, je me bats pour que justice soit faite pour mon frère.

– C'est bien le problème.

– Je ne suis pas ta marionnette ni celle du parti. J'œuvre pour le collectif à travers ce combat personnel. Je n'évoquerai pas d'autres affaires parce que je ne les connais pas dans les détails.

La personne qui s'énerve marque un temps d'arrêt.

– La porte ? Qui a laissé la porte ouverte ? Vous savez bien que je suis parano avec ça !

Bien avant de voir apparaître par l'entrebâillement de la porte les boucles qui gonflent ses cheveux, j'ai reconnu la voix de Katia Dahman.

PARTIE 3
LA RENCONTRE

20

Stéphane Pichard est revenu avec l'argent. Il a exprimé toute sa mauvaise humeur en me voyant faire le compte devant lui. Il ne comprend rien quand je lui lance :

– C'est la règle numéro deux, mec.

Son expression outrée montre qu'il prend mal cette familiarité. Il m'énerve avec ses airs supérieurs. C'est peut-être parce que je suis exaspéré que je commets l'imprudence de m'adresser au type qui me raccompagne à l'entrée, celui qui m'avait conduit jusqu'à Pichard :

– Vous avez déjà croisé un certain Sékou ?

– Hein ?

– Vous connaissez Sékou ?

– Ouais, c'est cool, tu peux rester si tu veux, ici on est open !

Le mec est dans son monde et il m'abandonne au milieu de la pièce bondée. Je me faufile jusqu'à l'entrée. Plusieurs mains me frôlent, me heurtent. C'est pourquoi je ne remarque qu'à retardement que quelqu'un me retient fermement par l'épaule.

– On s'est déjà vus, non ?

Je croyais que cette phrase de dragueur du dimanche avait disparu de la circulation. Apparemment, elle est toujours utilisée dans certains beaux quartiers. En pivotant, je tombe nez à nez avec Katia Dahman.

– Pardon ? je lui demande, alors que j'ai tout entendu.

– Qu'est-ce que tu fais ici ?

– Hein ?

Je gagne du temps en faisant croire que la musique me rend sourdingue. Katia me guide vers une pièce à l'écart du brouhaha. Je suis impressionné, je suis face à la fameuse Katia Dahman. Son charisme m'écrase, on dirait qu'elle fait trois mètres alors que je la dépasse d'une bonne tête.

– Tu es au même lycée que moi, non ? commence Katia.

– Oui.

– Pourquoi tu es à cette fête si loin de chez toi ?

– J'ai été invité par un de mes cousins. Comme il n'est pas sur place, je repars.

– Arrête tes conneries. Pourquoi tu vends de la drogue ?

– Hein ?

– Tu m'as très bien entendue.

Je ne m'attendais pas à une question aussi frontale. Katia est telle qu'à la télé, directe et brute.

– Je dois y aller, je suis attendu.

– Tu ne devrais pas faire ça, tu pourris ton avenir et… tu vois où ça a conduit mon frère.

La deuxième partie de la phrase, Katia l'articule douloureusement, avec un sanglot dans la voix. Je n'ose pas la regarder quand je lui dis :

– Toutes mes condoléances. Je trouve ton combat très courageux et tes mots super percutants, tu…

– Si je suis si convaincante, je peux te faire promettre d'arrêter le business ?

– Ça ne se passe pas aussi facilement…

– Dis-moi qui il faut voir, j'irai lui parler.

– Tu te prends pour ma grande sœur ?

– Je rigole pas. Je ne t'ai jamais vu traîner avec les mauvaises personnes.

– Tu m'avais déjà vu ?

– Le lycée n'est pas si grand et, oui, je t'avais remarqué. Tu as la réputation d'être un original.

– Un taré, quoi !

– Oui, à peu près !

Katia éclate d'un grand rire, à l'inverse de l'image sérieuse, voire sévère, qu'elle renvoie à la télé.

– Je dois retourner voir les camarades mais on se reparlera, Mabataï.

Je suis soufflé. Jamais je n'aurais imaginé que Katia Dahman, celle qui parle aux politiques, celle qu'on invite à la télé, connaissait le prénom de l'idiot du village.

21

Deux courses plus tard, je rentre à l'appartement. Je reviens toujours avant 20 heures pour ne pas éveiller les soupçons de mon père. Bien qu'à l'heure, je constate qu'il m'a bombardé d'appels et de SMS. Je ne les consulte qu'à deux pas de la maison, j'ai été distrait par cette drôle de rencontre avec Katia Dahman.

"Tu es où ?", *"Rappelle-moi vite !"*, *"C'est important stp !"*, *"Mabataï !"*... J'en passe des dizaines d'autres qui ne disent rien d'autre que son inquiétude. Aucune information, rien de factuel. Mon père semble avoir peur. Mais de quoi ? L'immeuble en visuel, je découvre un attroupement effrayant : des flics, plein de flics. Est-ce qu'ils ont établi le lien entre Kam et moi ? Que dois-je faire ? M'enfuir ? Y aller quand même ? Contrairement à certains de mes anciens collègues guetteurs, je suis responsable pénalement. J'imagine ce qu'a dû ressentir Sékou quand il est tombé. L'horreur. Est-ce que moi aussi, je vais finir entre quatre murs ?

– Mabataï ?

Je n'ai pas arrêté mon choix que quelqu'un m'appelle. La voix me parvient en sourdine, le sang qui fait cogner mes tempes me rend à moitié sourd. Je n'ose pas lever les yeux vers la personne, je ne devine que ses chaussures : celles d'un flic. Par réflexe, je veux détaler mais trop tard, deux autres uniformes ont rejoint l'agent. Je suis piégé.

– Mabataï, c'est moi, Magali.

Je prends mon courage à deux mains et plante mes yeux dans ceux de mon interlocutrice : en effet, c'est Magali. Mon visage doit être blême, la policière s'inquiète.

– Ça va, Mabataï ? Qu'est-ce qui se passe ?

– Je… Je…

J'ai honte du mensonge qui me traverse l'esprit.

– En voyant toute cette agitation, les images de ma mère à l'hôpital me sont revenues.

Qui pourrait croire que je serais capable utiliser un événement si tragique ? Moi-même, je me découvre manipulateur sous la pression de l'urgence.

– Il s'est passé quelque chose de grave, Mabataï…

– Quoi ?

– Votre appartement a été cambriolé.

Ce n'est que ça ? Je suis rassuré. Peut-être un peu trop, Magali le remarque.

– Ça n'a pas l'air de te traumatiser.

– Je croyais qu'il était arrivé quelque chose à mon père.

Je commence à développer une forme aiguë de mythomanie. Magali, ses collègues et moi cheminons jusqu'à l'appartement. On dirait que la moitié du commissariat est chez nous, Magali a mobilisé des moyens disproportionnés pour son compagnon. Je découvre le "privilège flic", on ne déploie pas autant de moyens pour un simple cambriolage.

Mon père m'accueille avec une expression mi-furieuse mi-soulagée. Comme toujours avec lui, c'est la colère qui l'emporte.

– Tu étais où ? Je me suis fait un sang d'encre ! Tu n'aurais pas pu me rappeler ?

– Patrice, calme-toi…

Magali s'adresse à mon père sur le même ton que lorsqu'elle dit "Tout doux" à son chien Albator. L'association d'idées m'arrache presque un sourire. Je me dirige vers ma chambre et constate que tout mon matériel informatique et ma table de mixage ont disparu. Le total valait une blinde. Ce qui m'attriste le plus, ce sont les musiques envolées. Ou plutôt flambées, comme le dit ma chanson.

– On s'est déjà vus quelque part ?

Décidément, c'est la phrase du jour ! Celui qui l'a prononcée a un visage nettement moins avenant : un flic. Je l'ai déjà vu, oui, près de l'immeuble de Kam. Mon matos devient le cadet de mes soucis.

– Je ne m'en souviens pas, ou peut-être par hasard dans la rue, je ne suis pas très physionomiste. La ville n'est pas si grande et votre métier est de la sillonner en long et en large…

Je me lance dans une phrase beaucoup trop longue, moi, le laconique. C'est un signe d'embarras ou de bien-être. Et comme je n'ai aucune raison d'être à l'aise avec ce flic, la conclusion est évidente. "Tais-toi, Mabataï, tout ce que tu dis peut être retenu contre toi", me souffle une voix intérieure qui a vu trop de séries policières américaines.

– Vous avez sans doute raison. Nous relevons les empreintes, je vous prie de ne rien toucher. Vous dresserez aussi la liste des objets disparus, si possible avec leur facture. Il y a peu de chances qu'on les retrouve mais ça vous servira au moins pour les assurances.

Les policiers s'affairent dans tous les sens. Pas une seconde, je ne fais le rapprochement entre Kam et ce cambriolage, et j'ai bien tort…

22

En cours, je ne suis plus qu'un zombie qui traîne sa carcasse dans les couloirs. Mon père s'est résigné, il suggère que je redouble "pour repartir du bon pied". Il veut aussi que je change d'établissement, ça ne pourra me faire que du bien. Dans le privé s'il faut, même si c'est contre ses grands principes.

Je subis le cours de français. Depuis mon échange sur *L'Étranger* d'Albert Camus, la prof a essayé de m'interroger quelquefois. Je n'ai pas décroché un mot. Avant, pour passer le temps, j'avais mes musiques dans ma tête. Depuis que la prise de l'inspiration est débranchée, les journées me paraissent interminables.

En quittant le lycée pour l'immeuble de Kam, je fais attention que personne ne me suive, c'est pourquoi je remarque tout de suite Katia à mes basques. Quand elle me rattrape, la pluie se met brusquement à tomber, nous nous abritons sous l'enseigne d'un kebab.

Le destin se moque de nous, il nous joue une scène de comédie romantique au rabais.

Je ne sais pas quoi dire, je sors la phrase la plus banale qui vient :

– Salut Katia, drôle de hasard, hein ?

– Ce n'est pas un hasard.

– Pardon ?

– Tu refais le sourd, comme à la soirée ?

Ah, elle avait capté ? Je me sens un peu idiot.

– Mabataï, je viens reprendre notre conversation où on l'avait arrêtée.

– Celle où tu me disais que j'étais beau et génial ?

– Celle où je te disais d'arrêter de vendre de la drogue, elle me répond le plus sérieusement du monde.

– Déjà, je ne vends pas de drogue. Mais admettons que ce soit le cas, tu n'aurais aucune leçon à me donner. Sauf le respect que je te dois – et il est immense –, ce sont tes potes qui en achètent et consomment, et ça ne semblait pas te déranger de discuter politique avec eux.

– Tu nous as entendus ? D'abord, ce ne sont pas mes potes, ce sont des alliés dans mon combat. Je n'aime pas qu'ils prennent de la drogue mais je ne suis pas là pour leur faire la morale. On travaille ensemble, un point c'est tout.

– Les affaires sont les affaires, je suis bien d'accord avec toi.

Katia soupire d'agacement. Pendant trente secondes, elle a le même regard vague que moi lorsqu'un morceau me vient en tête. Je repense à la phrase de la psy.

– Tu es une créative ?

– Hein ?

– Tu penses à quoi ?

– À mon frère. Cette conversation sur la drogue, je l'ai eue mille fois avec lui. Tu vois le résultat. Je ne peux pas te laisser tomber dans les mêmes filets.

– Tu te prends vraiment pour ma grande sœur, ma parole !

– Je ne peux plus rien faire pour Samir. C'est dingue, il a tout eu : rappel à la loi, peine avec sursis, peine ferme. Pour le même résultat que mes sermons, rien n'a réussi à le faire changer…

– Je ne sais pas quoi te dire… Je suis désolé.

– Ce n'est pas ce que j'attends de toi, Mabataï. J'aimerais que mon mille et unième sermon serve à quelqu'un.

Je hausse les épaules. Je ne peux rien lui promettre. Katia n'insiste pas, elle sait que notre conversation est une impasse. Elle change de sujet :

– Tu as suivi les infos aujourd'hui ?

– Pas spécialement.

– Guillaume Thierry, le flic qui a abattu mon frère. Il était sous l'emprise de drogues. Le rapport toxicologique vient d'être révélé. Putain d'ironie, non ?

Katia essaie un sourire mais il se transforme en grimace. Elle cache son visage derrière ses mains. Quand elle les enlève, ses yeux sont rouges.

– Il n'y a pas de honte à pleurer, tu sais, Katia.

– Pas devant mon petit frère, c'est comme ça chez nous.

Je ris à sa boutade. Je m'étonne d'être passé du rôle d'admirateur à celui de confident.

– Pourquoi tu m'as demandé si j'étais créative ? Je n'ai pas compris le rapport.

– C'est à cause de la psy de la cellule d'écoute au lycée. Elle m'avait posé cette question parce que, à un moment, j'avais décroché de la conversation. Tu avais cet air absent qui est parfois le mien.

– Et tu es créatif ?

– Vite fait.

– C'est-à-dire ?

– Un peu de musique. Rien de transcendant.

Mon téléphone vibre. Un message sur EncroChat : "*t ou ?*" Il est de Jules, Kam aurait écrit : "*Où es-tu ?*"

– Désolé, je dois y aller, Katia.

– Pas de problème, mais fais-moi une promesse.

– Si c'est sur la drogue, c'est non, puisque je n'en vends pas.

– Ce n'est pas ce que j'allais te demander. Promets-moi de me faire écouter un de tes sons une prochaine fois.

– Pourquoi ?

– Je compose moi aussi et ça me laverait un peu le cerveau de m'y remettre.

– Je te promets de te faire écouter un son si tu me fais écouter un des tiens.

– Marché conclu !

Mon téléphone vibre encore. Cette fois, c'est Kam qui s'impatiente sur la messagerie cryptée.

– Réponds, sinon ta meuf va être jalouse, rigole Katia.

– J'ai pas de meuf, je proteste avec un peu trop de véhémence.

– Je plaisantais… mais c'est bon à savoir.

Je rêve ou elle me drague ? Je suis scotché par cette répartie.

Bouche bée, je quitte très lentement notre refuge. Il s'est arrêté de pleuvoir depuis dix minutes et je ne l'avais pas remarqué. Vu le soleil qui fait briller mes yeux, il va y avoir un arc-en-ciel.

23

Depuis des semaines, je suis à la recherche de Sékou et je n'ai pas l'ombre d'une piste. Ma méthodologie est à revoir, j'ai décidé de puiser le savoir à sa source : chez les policiers. Mon "privilège flic" m'a permis de demander à Magali de visiter un commissariat. Flattée de mon intérêt, elle a accepté. Mon père est tout content. Peut-être un débouché professionnel ? Qui sait si ça ne me motivera pas pour les cours ? Toujours à côté de la plaque, celui-là.

Magali m'a proposé de me prendre à l'appartement, j'ai poliment décliné. Elle n'a pas insisté, elle sait que son métier n'est pas le plus populaire dans le quartier. Pour cette raison, j'ai aussi suggéré que la visite se fasse dans un commissariat parisien, à l'abri des regards trop connus.

Nous sommes dans le 13e arrondissement de Paris où elle me présente à ses collègues. Gérard, un motard, s'avance pour m'accueillir.

– Je suis heureux qu'un jeune comme toi envisage de s'engager dans les forces de l'ordre, affirme l'homme trapu.

– Un jeune comme moi ? je demande.

– Oh, ne va pas couper les cheveux en quatre !

– Mabataï a posé une question intéressante. "Un jeune comme toi." Qu'est-ce que ça sous-entend ? appuie Magali.

– Tu ne vas pas t'y mettre toi aussi ! s'énerve Gérard.

– C'est bon, intervient un gradé pour mettre fin à l'embrouille naissante.

– Laisse tomber, Gérard est un connard, me chuchote Magali à l'oreille.

Je me marre. "Le motard Gérard est un connard", ça pourrait faire une bonne punchline. L'inspiration revient doucement depuis ma discussion avec Katia. Ma réaction agace Gérard, qui part en rouspétant : "Toujours à se plaindre, *ceux-là*." Ça commence bien.

La suite de la visite est plus calme. Pour le moment. Je découvre plein de métiers de la police. Je n'aurais jamais cru qu'il y avait un chef de musique de la Police nationale, qui dirige des musiciens, eux-mêmes flics ! Par chance, il est là et nous discutons un peu. Il est cool mais nous ne parlons pas le même langage. Lui, c'est technique, moi, c'est feeling. Il m'incite à apprendre le solfège.

– C'est comme les jongles au foot, tu n'as pas l'impression que c'est utile en match, mais c'est indispensable pour bien contrôler le ballon.

Je pourrais parler des heures avec lui mais il a du travail et moi, je ne suis pas là pour ça. Je passe à la police scientifique. Je les imagine en Sherlock Holmes et un des instruments, la plume de marabout, correspond justement à cette image vieillotte. Elle sert à enlever le surplus de poudre lors des relevés d'empreintes. Ensuite, tout est analysé au microscope et autres appareils de pointe. Comme tout le monde a une empreinte différente, même les jumeaux, c'est un indicateur fiable. Avec ses lunettes rondes qui descendent sur ses narines, le flic qui me présente son travail a un faux air de Géo Trouvetou, l'inventeur barré des aventures de Picsou. Il s'appelle Giovanni, et tout le monde le surnomme Gio. Les hasards de la vie…

– J'ai vu vos collègues les utiliser lors du cambriolage de mon appartement. On a même relevé les miennes pour les distinguer des cambrioleurs, c'était bizarre.

– À ce propos, nous n'avons pas retrouvé les coupables et l'espoir s'amenuise, intervient Magali. C'est quand même bizarre, on n'a rien entendu via nos réseaux habituels. Pas d'effraction, pas d'empreintes, hormis les tiennes et celles de ton père. Ça ressemble à du travail de pro. Ça ne ressemble pas au mode opératoire de ceux qu'on connaît.

– Vous savez qui sont les cambrioleurs dans la cité ?

– Oui, nous avons notre petite idée, poursuit-elle. Mais on n'est jamais sûrs, c'est pourquoi on enquête. Il faut des preuves. Notre travail est d'être au service de la justice et non de nous substituer à elle.

Quand on passe à la brigade des stupéfiants, je baisse instinctivement la tête, adoptant l'attitude d'un coupable. Magali remarque mon trouble.

– Tu sais, j'ai oublié le petit épisode chez ton père. Les consommateurs sont nombreux, il faut toutefois qu'ils soient alertés des dangers.

Pendant vingt minutes, j'ai droit à une leçon sur les effets des drogues, leur impact sur l'économie, la criminalité. Je comprends pourquoi Magali a accepté de me faire visiter le commissariat avec autant d'enthousiasme. Ses collègues ressortent même une vieille campagne contre la drogue au refrain super kitsch : "Dis-leur merde aux dealers, la drogue c'est de la merde." Combien l'État a-t-il payé les publicitaires pour écrire une telle… merde ?

Je suis – provisoirement – sauvé par l'intervention de Mohamed. C'est aussi quelque chose que je remarque : il y a beaucoup plus d'Arabes et de Noirs parmi les flics que je ne le pensais. Moi qui croyais qu'il n'y avait que des Gérard…

– Tu as vu les conneries qu'ils disent à la télé ? s'énerve Mohamed, s'adressant à Magali.

– De quoi tu parles ?

– L'affaire Guillaume Thierry. Je le connais, Guillaume, s'il est toxico, moi je suis roi d'Espagne !

– Moi aussi, ça m'étonne beaucoup, confirme Magali.

Je suis entre les deux, penaud. Je ne peux pas laisser passer ça, sinon je ne pourrais plus regarder Katia en face. Pour le principe, j'interviens.

– Magali, tu m'as dit toi-même que la police était au service de la justice et là, c'est comme si tu décidais que ce Guillaume Thierry était innocent.

– Je n'affirme rien, j'émets juste des doutes. Je connais Guillaume, c'est le dernier qui toucherait à des drogues.

– Peut-être qu'il a changé, je lui réplique.

– C'est qui ce type ? demande Mohamed, la mâchoire serrée. Qu'est-ce qu'il fout là ?

– C'est le fils de... mon mec, lui répond Magali, gênée d'avoir à qualifier sa relation avec mon père devant moi.

– Je ne comprends pas pourquoi les flics, vous vous soutenez inconditionnellement, je relance. Vous ne pouvez pas admettre qu'il y a des ripous parmi vous, ou juste des gens qui font mal leur métier ?

– Samir Dahman, il a le casier judiciaire long comme le bras, et tu veux en faire un innocent ? s'agace Mohamed.

– Criminaliser la victime, c'est ça, votre preuve ? j'ironise.

– Je vais prendre un café à côté, Magali, si ça continue, je risque de lui en coller une.

Mohamed quitte la pièce, tremblant de rage. Son mouvement d'humeur ne fait que confirmer ce que je pensais sur les flics, qu'ils s'appellent Gérard ou Mohamed. S'il n'arrive pas à se contenir devant moi, qu'est-ce que ça doit être lors d'une garde à vue ?

– C'est facile de juger sans connaître le quotidien d'un policier, Mabataï. Tu sais, on met nos vies en jeu. Il faut prendre des décisions en une fraction de seconde, et on sera ensuite jugé toute notre existence pour un acte commis dans le feu de l'action. Nos juges, confortablement assis dans un fauteuil, auront, eux, le luxe d'analyser ce que notre instinct aura commandé, explique Magali.

– Vous voulez quoi, les flics ? Pouvoir canarder tout ce qui bouge sans être responsables de rien ?

– Tu caricatures. Crois-moi, si les flics canardaient tout ce qui bouge, comme tu dis, le taux de mortalité exploserait. Tu veux savoir à quoi ressemble la vie d'un flic ? Une de mes premières interventions concernait un cas de violence conjugale. J'arrive sur les lieux, je vois du sang partout. La femme qui a appelé en est couverte. Un homme est allongé par terre, le bras ensanglanté. Il y a aussi les hurlements d'un bébé à côté, on dirait une scène de film d'horreur. Je cherche une serviette dans la cuisine pour m'occuper du blessé.

La femme me dit qu'elle va calmer son bébé dans la pièce d'à côté, elle revient avec un couteau de boucher et se rue sur moi. En une seconde, je dois réagir. J'ai dégainé mon arme et tiré à l'aveugle. J'ai touché son bras, comme j'aurais pu toucher son cœur. L'enquête a confirmé ce que les pupilles dilatées de la femme laissaient présager, elle était sous crack. Et elle a aussi conclu que j'avais commis une faute en laissant une suspecte seule, sans surveillance. Tu imagines : une débutante, une situation chaude, des dizaines de paramètres qu'il faut analyser en quelques secondes. Et encore, j'ai eu de la chance parce que je n'ai pas visé une zone vitale, sinon la famille aurait peut-être réagi comme Katia Dahman, et la sympathie des gens lui aurait été acquise. Tu postes une photo de la "victime" en train de sourire lors d'une fête ou en famille, loin, très loin de l'état dans lequel je l'ai trouvée. Les gens seront attendris et les opportunistes joueront sur cette émotion pour vendre leur discours : c'est la faute du flic.

– Le problème, c'est que vous vous soutenez inconditionnellement. Vous êtes incapables de reconnaître les erreurs de l'un d'entre vous et les injustices du système.

– Tu parles comme Katia Dahman. Les beaux discours de la famille du mort seront plus écoutés que ceux des forces de l'ordre, dont on ne voit jamais les familles, comme s'ils n'étaient que des flingues sur pattes. Nos familles souffrent pourtant, elles aussi. Tu connais le taux de suicide chez nous ?

– C'est votre choix, de devenir policiers…

– Ce n'est pas notre choix de nous faire cracher dessus. Ce n'est pas non plus notre choix de nous faire tirer dessus, ça fait partie des risques du métier. Samir Dahman connaissait aussi les risques de son métier…

D'ordinaire placide, Magali s'agite. Son volume sonore a insensiblement augmenté, elle ne se rend pas compte qu'elle crie. Au point que Mohamed revient dans la pièce pour la calmer.

– Ça va, Magali ? Ce petit con t'a poussée à bout ?

– T'inquiète, ça va, le rassure Magali. Nous avons juste une discussion animée.

– Heureusement que je ne suis pas en garde à vue ! je balance.

– Il va trop loin, ton beau-fils, s'énerve Mohamed avec un geste menaçant.

– Laisse tomber, lui intime Magali. À son âge, j'aurais sans doute pensé la même chose.

Mohamed repart à la machine à café. Plus personne ne se porte volontaire pour me parler, la rumeur de mon discours anti-flics se répand dans tout le commissariat comme une traînée de poudre. Cette susceptibilité me conforte dans l'idée qu'ils ont un gros problème avec la critique.

Magali écourte ma visite. Elle est d'humeur massacrante. Sans cela, elle ne m'aurait jamais lancé cette bombe :

– Je veux bien imaginer plein d'hypothèses mais je ne vois pas quel intérêt Guillaume aurait eu à tuer son cousin.

J'étais venu pour connaître les méthodes d'enquête, je repars avec une information explosive : j'ignorais totalement qu'il existait un lien de parenté entre Samir Dahman et le flic accusé de son meurtre. Pourquoi ni Katia ni la presse ne l'ont jamais mentionné ?

24

Cette photo sur les réseaux sociaux me rappelle quelque chose. Un boxeur ? Un rugbyman ? Il me faut quelques secondes pour deviner qu'il s'agit de Stéphane Pichard. J'apprends qu'il s'agit d'un politicien de premier plan. Lors de notre brève rencontre, je n'avais relevé aucun trait particulier chez lui en dehors de sa taille. Là, son visage est tuméfié, un dégradé de toutes les teintes entre le bleu et le rouge. Je fais le lien avec Kam, la flamme dans son regard quand je lui ai dit que Pichard avait balancé son nom devant moi. Je tressaille : il est donc capable de s'en prendre physiquement à une personnalité en vue. À force de ne voir que sa face lisse et polie – le bon Samaritain qui aide les personnes âgées à porter leurs sacs, le maniaque de l'orthographe qui n'écrit jamais d'abréviation –, j'avais oublié combien le chef de bande était un homme dangereux. Retour à la réalité. Je me retrouve face aux conséquences de mes actes.

J'ai cette image affreuse en tête lors de ma livraison du jour. Elle n'est pas loin, j'y vais à pied pour profiter des premiers rayons du soleil que le dérèglement climatique a convoqués avant l'heure. J'ai un scooter à disposition, j'ai préféré un footing tranquille pour me décrasser les jambes. Je m'astreins aux allures modérées, je ne voudrais pas qu'un flic pense que je suis poursuivi par un de ses collègues. L'esprit tranquille, je frappe à la porte d'un appartement que je connais bien, un client régulier et sans histoire.

Le visage anguleux, le trentenaire m'ouvre avec un t-shirt #JusticePourSamir à l'effigie de Katia. Contre son gré, elle est devenue le visage de la lutte contre les violences policières. Maintes fois, elle a répété que c'est son frère et non elle qui devait être l'emblème du combat. Ça me fait sourire de la voir apparaître dans ces circonstances et voilà que le type, dont je n'avais jamais entendu le son de la voix, prend la mouche.

– Qu'est-ce qui te fait rire ?

– Rien.

– Alors efface ce sourire de ta gueule, petit morveux.

Je ne réponds pas, je ne connais rien de lui, je me méfie des réactions imprévisibles des personnes en manque. Je lui tends sa dose, il me dit qu'il va chercher l'argent, claque la porte derrière lui. Bizarre, d'habitude, il a toujours la somme dans sa poche. J'ai eu tort d'enfreindre la règle numéro un : on livre après qu'on nous a donné l'argent.

Deux minutes d'attente et je frappe. Peut-être qu'il a consommé sa marchandise et qu'il a perdu pied avec la réalité. En temps normal, je serais tout de suite parti. Le souvenir du visage défiguré de Stéphane Pichard me retient d'appeler Jules. S'il lui arrivait un malheur, je ne pourrais pas prétendre que je ne connaissais rien aux méthodes de Kam. Au bout de dix bonnes minutes, je m'apprête tout de même à filer, on approche les 20 heures fatidiques de mon retour à la maison. Ma patience est récompensée, la poignée de porte se met à tourner. Quatre silhouettes se bousculent sur le seuil de l'appartement.

– Qu'est-ce que tu fous encore là ? me dit le client.

– Vous ne m'avez pas réglé.

– Tu déconnes ? Bien sûr que je t'ai payé, petit con, tu veux m'arnaquer !

– Je ne suis pas sûr que vous soyez dans votre état normal, je vais revenir demain.

– Pas dans mon état normal ? Vous avez entendu ça, les gars ?

L'homme s'adresse à ses trois acolytes, je suis sur mes gardes. Autant le client est fluet, autant les autres sont Massif central, comme aurait pu les décrire Sékou. On dirait les sosies de Francis Ngannou, Cyril Gane et GregMMA. Je ne pourrais pas tenir cinq secondes en cas de bagarre. Mon réflexe : me mettre de trois quarts dos pour pouvoir démarrer le plus vite possible. La meilleure inspiration de ma vie, puisque l'un des colosses essaie de me choper par le bras. J'évite sa poigne et je détale. Nous sommes au septième étage de l'immeuble, je prends l'escalier. Les trois colosses se précipitent vers l'ascenseur qui, manque de chance, est à notre étage, le fluet me suit. Je maintiens l'écart avec mon poursuivant, ma crainte, ce sont les colosses dans l'ascenseur. Je hais le constructeur de cette machine qui dévale, à croire qu'elle est en chute libre. Je prie pour qu'un résident l'appelle à un étage intermédiaire. Bien évidemment, personne n'a cette bonne idée. J'arrive au rez-de-chaussée en même temps que les trois balèzes. L'ascenseur se situe entre la cage d'escalier et la porte d'entrée. Tout conspire contre moi. Je place l'accélération du siècle pour me faufiler entre les costauds, sens la main de l'un d'eux me frôler, parviens à l'éviter au prix d'une contorsion et franchis le premier la porte d'entrée. Ceux-là ne me rejoindront plus.

Mais il reste l'autre, le fluet, qui n'a pas relâché son effort. En me retournant, je constate qu'il ne montre aucun signe de fatigue. Pire, il sourit. Pour échapper à ses collègues, j'ai produit un gros effort que je paie. L'écart entre nous diminue légèrement. Je contrôle encore la situation mais jusqu'à quand ? L'immeuble de Kam est à une centaine de mètres, je pourrais m'y réfugier mais un signal à la Spiderman m'alerte du danger. Tant que je ne sais pas qui sont ces types, quelles sont leurs intentions, je ne peux pas me permettre de les confronter à Kam. Le coureur derrière moi n'est plus qu'à une dizaine de mètres. Il a réduit de moitié la distance entre nous. Paradoxalement, au lieu de perdre les pédales, je me mets tout à coup à raisonner. "Souffle, laisse-le revenir à cinq mètres puis donne tout ce que tu as, Mabataï." Une voix intérieure me parle, je hoche la tête pour lui signifier que j'ai bien enregistré le message. Avec un calme qui me surprend moi-même, j'exécute parfaitement le plan et ma nouvelle accélération a raison de la détermination du teigneux. Il s'arrête net, plié en deux, à la recherche de son souffle.

25

Une fois sûr de ne pas être suivi, je retourne dans le repaire de Kam, qui m'accueille… avec les trois balèzes et le fluet. Je pivote pour fuir mais Jules me saisit par la taille. Inutile de lutter. J'ai joué avec le feu, je me brûle. Je ferme les yeux. Je vois ma vie défiler devant moi, le visage de ma mère, Sékou, deux personnes "parties" chacune à leur manière. Il y a aussi mon père et Katia. Comme son frère, je vais disparaître. On retrouvera mon corps dans une cave, dans un bois ou au fond d'une rivière. Sort : *dead.* Un jeu de mots entre "sordide" et "sort *dead*" me vient en tête. Je n'aurai pas le temps de pousser l'idée, j'aurais aimé en parler à Katia mais je ne tiendrai pas ma promesse de lui faire écouter mes sons.

– Mabataï, m'entends-tu ?

Une seule personne pratique l'inversion sujet-verbe à la forme interrogative : Kam. La dernière image que je visualise avant d'ouvrir les yeux est le visage ensanglanté de Stéphane Pichard. Le destin rétablit la balance, il s'est fait tabasser par ma faute, je vais payer.

– Bien joué, Mabataï, tu as réussi le test, affirme Kam.

– Hein ?

– Tu reconnais ces gars, je suppose. Je leur ai demandé de te mettre un coup de pression pour voir ce que tu valais en situation de crise. Tes jambes ont été fidèles à leur réputation, ça, je le savais. Tu es aussi resté lucide, ça, je l'ai découvert. Tu n'as pas couru directement vers l'immeuble pour te protéger au risque de rameuter les flics.

– Je… Je ne comprends pas, je balbutie.

– Jules, lâche le gamin, s'il te plaît.

Le bras droit de Jules desserre son étreinte. Je le soupçonne de l'avoir prolongée pour le plaisir. Le sang remonte peu à peu à mon cerveau, je ne suis pas sûr d'avoir tout compris.

– Je veux te mettre sur un gros coup, il fallait que je te soumette à un test, poursuit Kam. Léo, qui t'a coursé dans la rue, est un ancien coureur de fond professionnel. Il n'a plus la forme qu'il avait à sa grande époque mais quand je lui ai présenté mon plan, il était sûr de pouvoir te rattraper. Tu as même été aussi rapide que l'ascenseur, c'est bluffant, petit !

– Je… ne… comprends… pas, j'arrive péniblement à articuler.

– Prends un verre, assieds-toi, et remets-toi de tes émotions.

Kam me parle avec une voix paternelle. Je l'écoute avec la docilité d'un enfant. Je remets peu à peu les pièces du puzzle en ordre. Cette course-poursuite était donc un entretien d'embauche ? Pour quel travail ?

– Pour toi, c'est fini les livraisons. Tu montes en première division. Tu participes au casse.

– Le casse ?

– Je ne peux pas t'en dire plus pour le moment, les informations te parviendront en temps voulu. En attendant, je ne veux pas que tu tombes pour une connerie, on a trop besoin de toi. Rassure-toi, tu seras quand même payé, mieux payé. Tiens-toi tranquille et réponds immédiatement quand je te joins sur la messagerie, sauf quand tu seras en cours. Ne fais pas ton rêveur, d'accord ?

– Je ne peux même pas faire une livraison de temps en temps ?

– Nous n'avons plus aucun contact jusqu'à nouvel ordre, ce n'est pas négociable. Concentre-toi sur tes cours, fais remonter tes notes, ton bac de français arrive, tu vas avoir le temps de réviser et de créer tes chansons.

Les gars dans la pièce m'entourent pour me féliciter. Avec toutes ces tapes dans le dos, tous ces mots sympas, tous ces vœux de bonne chance, je me sens dans la peau d'un jeune marié. Mon sourire est crispé : loin de la bande de Kam, je n'ai aucune chance de retrouver Sékou. Plus tard dans la soirée, me viendra une interrogation glaçante : comment Kam sait-il que je fais de la musique ?

26

– Tu es recherché par la police ou quoi ?

Je sursaute quand quelqu'un m'interpelle dans mon dos. Depuis le tabassage de Stéphane Pichard, je suis à cran. Et si le géant maigrelet me balançait ? Une leçon de Kam : ne jamais faire confiance aux clients. En manque, ils peuvent vendre père et mère pour une dose. Pichard n'a pas l'air d'être accro mais on ne sait jamais, certains cachent bien leur jeu. Ce n'est donc surtout pas le moment de me faire des surprises. Un grincement de porte, un coup de vent, un cri dans la rue me font tressaillir.

Je prends une grande respiration avant de me retourner. Il me faut quelques secondes pour reconnaître Katia. Ses cheveux attachés ont perdu tout leur volume. C'est comme si elle était une toute nouvelle femme.

Depuis mon test de recrutement très spécial, je garde le nez collé à mon téléphone. Il y a une semaine, j'ai reçu un SMS : "*On se voit bientôt ? Katia*" Je ne lui ai pas répondu, envisageant l'hypothèse d'un piège. Tendu par Kam ? Par Pichard ? Par les flics ? Par Sékou, dont l'apparition en rêve me hante ? Le danger peut venir de partout. Trois jours plus tard, un deuxième SMS : "*Je vais croire que tu as peur de tenir ta promesse, je veux écouter ta musique !!! Katia !!!*" Ce message m'a rassuré car seule Katia est au courant de ma promesse. Mais immédiatement, mon alarme intérieure a retenti : comment pouvait-elle me contacter alors que je ne lui avais jamais donné mon numéro ?

J'ai quand même accepté de la voir, la tentation était trop grande. Nous nous sommes donné rendez-vous à l'île de la Cité, à Paris. Ça nous faisait rire d'exporter la cité dans la capitale. Et ses habitudes avec : plutôt que d'aller dans un café hors de prix, nous nous asseyons sur l'un des bancs en pierre creusés dans le pont Neuf.

– Dis-moi, tu es un nerveux, toi ? relève Katia.

– Je ne t'avais pas reconnue.

– À cause de mes cheveux ?

– Oui.

– C'est pour passer inaperçue.

– Trop dure, la vie de star !

– Si tu savais comme ça me saoule. Au quartier, ça ne pose pas de problème. À Paris, il y a toujours des gens pour m'aborder : à la fois des soutiens un peu trop collants et des opposants agressifs. Il me suffit d'un élastique pour être une Arabe comme les autres.

– Ou alors les lisser.

– Ça, jamais. Mes cheveux naturels, c'est politique. Parlons peu, parlons bien, tu as apporté quelques sons ?

– J'ai dû bricoler un peu, je me suis fait voler mon matériel.

– Comme par hasard…

– La vérité vraie, je te jure.

Je porte ma main sur le cœur pour feindre la solennité. Katia a de bonnes raisons de douter de moi en raison de mes dénégations sur mon activité de dealer. Mon casque dernier cri vissé sur les oreilles la fait réagir.

– Pfiou !

– Je l'ai trouvé à un prix imbattable dans une brocante.

– Samir avait le même, se rembrunit Katia.

– On n'est pas obligés d'écouter de la musique, tu sais. Juste se balader et profiter de l'instant.

– T'es fou, je veux te faire découvrir mon talent !

Katia sort les écouteurs de son téléphone portable. Nous écoutons chacun les créations de l'autre. J'ai enregistré une maquette de *Banale flambée dans ma cité*. En fait, avec l'argent que je palpe, j'ai pu reconstituer mon matériel sans problème.

Le texte de Katia est politisé. Elle chante comme elle parle à la télé, elle évoque la conscience citoyenne, la justice sociale, le féminisme, l'intersectionnalité, la lutte des classes et des races… Son instru est basique, une boîte à rythmes qui produit des sons binaires. On entend clairement que la musique est le cadet de ses soucis, seul le message compte. Chaque morceau est interchangeable et j'avoue qu'au bout du troisième, j'ai l'impression qu'elle tourne en rond. De son côté, son visage impassible ne me dit rien de ce qu'elle pense. Nous reposons nos écouteurs.

– Alors, qu'est-ce que tu en penses ?

Nous posons simultanément la même question. Nous en sourions.

– Après toi, me dit Katia.

– La galanterie m'oblige.

– Attention, tu parles à une féministe.

– Bon, d'accord.

J'hésite entre dévoiler sans fard ce que je pense et édulcorer la vérité. Sékou affirmait qu'entre amis on peut tout se dire. Je lui exprime à la fois mon enthousiasme pour la puissance de ses textes et mes réticences sur leur côté répétitif et la faiblesse de l'instru. Elle dodeline de la tête, toujours avec cet air indéchiffrable. À elle maintenant.

– D'abord, je te remercie de ta franchise. Je ne suis pas musicienne, ça, c'est clair, je suis consciente de mes lacunes de ce côté-là. Quant aux textes, ils reflètent ma façon de voir les choses…

– Oui mais on dirait des discours politiques mis en musique…

– Ah, les hommes, toujours à nous couper ! Note que je t'ai laissé parler d'un bloc.

– Toutes mes excuses.

– OK. Tes musiques m'ont vachement déstabilisée, je ne m'attendais pas du tout à ce mélange de styles. Un klaxon tout au long d'une chanson, fallait y penser ! Au début, ça ne passait pas, puis j'ai reconnu un univers assez cohérent, des détournements de sons de la vie de quartier qui vont bien avec les textes, des récits du quotidien. La chanson *Marlboro, Marlboro* pour parler des vendeurs de cigarettes à la sauvette, elle est ouf ! J'aime bien ton sens du détail mais je trouve qu'il manque ce petit quelque chose qui dépasse le simple énoncé des galères, quelque chose de plus politique, quoi. Quelles sont tes intentions d'artiste, Mabataï ?

– Aucune.

– Même pas changer un peu le monde.

– Je n'ai pas cette prétention. Je compose, j'écris pour mettre en mots mon regard sur le quotidien.

– Hum... Tiens, j'ai une idée un peu idiote... Ça te dirait qu'on écrive un texte ensemble ? Pour la musique, c'est 100 % toi mais j'ai mon droit de veto.

– Je ne sais pas si ça vaut le coup, nous avons des univers différents, Katia.

– Ce qui ne veut pas dire que nos horizons ne peuvent pas se rejoindre. La convergence des luttes, mec.

– Tu vois, ce que tu viens de dire, j'aime bien et ce serait une super punchline une fois retravaillée.

– La punchline pour la punchline, ça ne m'intéresse pas. Le rap est devenu une enfilade de blagues Carambar, de métaphores et de rimes faciles. On doit pouvoir dire des choses différemment, comme tu le fais avec ta musique cheloue !

– Cheloue, carrément !

Katia se marre, je suis le mouvement. J'aime ce moment de simplicité et de franchise, ça change du trouble et de la dissimulation dans lesquels j'ai baigné pendant mon enquête, désormais en suspens, pour retrouver Sékou. Cette réflexion me conduit à une autre et, sans transition, je lui demande :

– Dis, tu as un lien de parenté avec ce flic Guillaume Thierry ?

Katia se fige instantanément.

– Si c'est une blague, elle est de très mauvais goût, grogne Katia, glaciale.

– J'ai… J'ai juste entendu que… vous étiez cousins, je bafouille.

– Alors tu devrais changer de fréquentations, les gens qui disent ça sont des tordus.

– Euh…

– Je crois qu'on devrait rentrer maintenant.

Je me lève pour raccompagner Katia.

– Pas besoin, j'ai envie de me retrouver seule.

– Je suis vraiment désolé, Katia…

– Moi aussi, je ne croyais pas que tu étais ce genre de…

Katia ne termine pas sa phrase, se retourne et s'en va au pas de course. Je pourrais la rattraper mais jamais je ne pourrai ravaler la parole malheureuse sortie de ma bouche.

27

Est-ce que j'aurais commis cette faute si l'embrouille avec Katia n'avait pas eu lieu ? Je ne le saurai jamais.

Parfois, quand je marche, je croise un de mes anciens collègues guetteurs. La consigne est de ne pas leur adresser la parole mais eux s'en affranchissent allègrement. Ces gamins ne comprennent rien à rien. Bader, le bavard de douze ans, s'est soudainement découvert un immense respect pour moi après ma promotion fulgurante. L'"Idiot du village" avait bien caché son jeu. Je profite d'une énième infraction à la loi du silence pour lui poser une question pour assouvir ma curiosité.

– C'est quoi un cousin ?

– C'est le fils de ton oncle ou de ta tante. Tu veux que je t'explique aussi ce que c'est un oncle et une tante ? se moque le gamin.

– Il n'y a pas une autre signification ?

Bader change immédiatement d'expression et crache par terre, dégoûté.

– Ouais, c'est une balance, un indic, une poucave, un tonton, tous des synonymes pour ces bâtards.

– Ah, merci.

Je réalise l'ampleur de ma méprise et, bientôt, je vais me confronter aux conséquences de mon idiotie. J'aurais plutôt dû aller vérifier sur internet dans un dico du langage des rues plutôt que de m'adresser au moulin à paroles.

– Pourquoi tu demandes ça ?

– Comme ça.

– T'es un cousin ?

– Si j'étais un cousin, je ne te demanderais pas ce que c'est.

– Ouais, ouais.

Bader arbore une expression que je n'aime pas quand il part. Une minute plus tard, je reçois un coup de fil de Kam, qui enfreint lui aussi sa règle de couper tout contact avec moi. La situation est donc grave.

– Pourquoi poses-tu des questions bizarres sur les cousins à un chouf à qui tu n'es même pas censé parler ?

– Simple curiosité. J'ai entendu quelqu'un parler de ça et je ne savais pas ce que ça voulait dire.

– Qui ?

– Je ne me le rappelle plus.

– Tu as intérêt à t'en souvenir. Qui ?

– Je crois que c'est une émission de télé ou un truc dans le genre.

– Tu crois ou tu es sûr ?

– Écoute Kam, je suis désolé…

– Je ne te demande pas des excuses, j'exige des réponses.

– Je ne regarde pas souvent la télé, je ne connais pas les émissions et les animateurs. Pour moi, tout se ressemble.

– Putain, comment veux-tu que je te fasse confiance ?

Première fois que j'entends Kam jurer. Un silence interminable me glace le sang. Il reprend la parole.

– OK, tu es viré.

– Hein ?

– Tu as compris, tu n'es plus dans le coup.

– Je ne voulais pas…

Le bip de fin de conversation téléphonique me coupe. Je ne sais pas si je dois être soulagé ou inquiet de cette décision brutale. Mon enquête qui ne menait à rien est définitivement terminée. Mais j'ai peur – non, je suis terrifié – par la vengeance de Kam.

28

Viré par Kam, viré par Katia, ma vie est une longue virée vers le néant. Je regrette les livraisons et même le chouf. Au moins, ça m'occupait l'esprit. Je devrais être préoccupé par Kam, Katia prend toute la place. J'ai tout gâché. Quand je la croise au lycée, je lui adresse des signes de tête auxquels elle reste indifférente. Les circonstances sont incomparables mais son attitude dédaigneuse me renvoie au refus de Sékou de me recevoir au parloir. C'est comme si des murs invisibles s'étaient dressés entre nous.

Une semaine à ruminer, puis l'éclair. Les paroles d'une des chansons de Katia tournent en boucle dans ma tête. Je compose une musique, pose ma voix dessus et la trafique à l'auto-tune pour lui donner une sonorité féminine. J'envoie le résultat à Katia sur Snapchat.

Un jour après – pour me faire mariner, m'avouera-t-elle plus tard –, elle me répond : "*Wow !*" Puis nous nous donnons rendez-vous dans le quartier de Barbès, à Paris. Les vendeurs de cigarettes à la sauvette rappellent à Katia l'un de mes morceaux, *Marlboro, Marlboro*. Barbès présente deux faces, l'une bobo, l'autre populaire, nous choisissons le coin popu et Katia me laisse lui offrir le verre de la réconciliation. Aujourd'hui, elle porte une casquette NYC, je lui demande comment elle a pu y ranger tous ses cheveux.

– Tu poses des questions de Blanc, Mabataï, se marre Katia.

– On croirait entendre Sékou, je lui fais remarquer.

– C'est qui ?

– Non Sékou.

– Très drôle ! Alors ?

– Mon meilleur ami.

– Jamais remarqué au lycée.

– Normal, il n'y est pas. On était inséparables en primaire et au collège. Mais bon, ça va, toi ?

– Comment tu esquives !

– Ouais, j'assume.

Katia sirote un soda à la paille, ça lui donne un côté précieux.

– Dis-moi, comment tu as fait pour retenir les paroles de ma chanson, Mabataï ? Tu avais enregistré notre conversation ou quoi ?

– Tout dans la tête, grande sœur !

– Ne m'appelle pas comme ça ! Et puis nous n'avons que quelques mois d'écart, hein ! Ta mémoire m'impressionne grave.

– Et le son ?

– Mouais, vite fait, se moque gentiment Katia, avant de rectifier son propos : Non mais franchement, ça tue. T'es trop fort.

J'engloutis mon verre de Coca d'un trait mais, en fait, je bois du petit-lait.

– Alors, ça te dit qu'on travaille ensemble ? demande Katia.

– Pourquoi pas ?

– Quel enthousiasme ! Bon, pour te motiver un peu, on pense à faire un grand rassemblement contre les violences policières. Il y aura un concert. Il sera précédé d'une audition pour déterminer les groupes qui passeront sur scène. Je pensais que ça pourrait être une façon de nous lancer.

– Tu ne crois pas que les gens vont dire que tu es opportuniste ?

– Les gens... Si tu savais ce que j'en pense. La mort de mon frère n'était pas dans mon plan de carrière.

Je n'ose pas avouer à Katia que cette phrase ferait une super punchline, je ne veux plus gaffer.

– Le parti de Stéphane Pichard est en train de monter le projet, tu ne devineras jamais le nom de l'événement...

– Attends, le grand maigre que j'ai rencontré à la soirée ?

– Lui-même. Il attendait impatiemment ton paquet... Tu sais ce qu'il lui est arrivé ?

– Euh... Oui, une agression, j'en ai entendu parler. Ce mec, pourquoi tu le fréquentes, Katia ?

– Un : je ne le fréquente pas. Deux : nous sommes provisoirement associés dans une lutte commune.

– Oui, mais vous n'avez rien à faire l'un avec l'autre.

– Si, la preuve. Je sais très bien que pour lui je suis une tête d'affiche, et lui a des réseaux qui me permettent d'accéder à une visibilité nationale. Gagnant-gagnant.

– Tu parles comme une politique.

– Mon combat est politique ! Il se fonde sur un rapport de forces. Je ne veux pas seulement investir le terrain moral. C'est superficiel de ne s'en tenir qu'à "C'est bien" ou "C'est mal". Ce qui m'intéresse, ce sont les constructions historiques qui conduisent aux injustices et comment on arrive à les déconstruire. La lutte est nécessaire. Rien ne nous a été donné, rien ne nous sera donné. Je n'oublie pas pourquoi je me bats.

– Dit comme ça...

– Je suis un peu reloue, c'est ça ?

Katia sourit. En vérité, son propos me passionne. Au-delà des mots, il y a cette rage, "son moteur", me dit-elle, qui l'animait bien avant la mort de son frère.

– Je milite depuis le collège. On ne peut plus laisser faire les choses. Nos aînés se sont battus avec leurs armes, nous partons de leurs acquis pour aller plus loin. Sans mauvais jeu de mots, je pense qu'on peut gagner ma bataille.

– Avec un très mauvais jeu de mots, tu veux dire…

– J'avoue, s'amuse Katia. D'où tu sors ce prénom ?

Je parle de ma mère, de son accouchement, de Daniel Balavoine. Katia est pliée en deux de bout en bout de l'histoire.

– Un truc de fou ! Ta mère était une *warrior* et, si je peux me permettre, elle était un peu lunaire.

– Tu sais de qui je tiens maintenant ! Tout le contraire de mon père, super sérieux. Lui voulait m'appeler Toussaint. J'ai peut-être échappé au pire.

– Comme Toussaint Louverture ?

– Je n'en sais rien, je ne lui ai jamais demandé.

– Ça ne peut pas être un hasard.

– C'est qui, ce Toussaint Louverture ?

– Mabataï, ta mémoire m'impressionne, ton ignorance me consterne ! C'était un grand héros, un esclave affranchi devenu général, puis gouverneur de Saint-Domingue, l'actuel Haïti. Il a aboli l'esclavage, s'est dressé contre Napoléon Bonaparte…

– J'ai entendu parler de Napoléon, jamais de ton héros.

– *Notre* héros ! Quand tu penses qu'il y a plus de statues du bourreau, Napoléon, que du héros, Toussaint !

– Bourreau ?

– Oui, la révolution de Toussaint a été stoppée net par les généraux envoyés par Napoléon, au prix de terribles massacres. Toussaint Louverture a été emprisonné dans un fort en France, où il est mort.

– Finalement, j'aurais pu avoir un prénom classe.

– Avec moi, tu vas te mettre à l'histoire, Mabataï !

– La musique, l'histoire, on a beaucoup à faire.

– Les deux sont liées, on va conscientiser tes textes.

– On va humaniser les tiens.

– Convergence des luttes. Et tiens, je ne t'ai pas dit le nom du concert organisé par le parti de Pichard : Le Casse. Ça claque, non ?

Le Casse, il fallait que l'événement porte ce nom. Le destin est un drôle de plaisantin.

– Je ne vois pas l'idée. Ce n'est pas un peu caricatural, voire stigmatisant ?

– Tu vois, tu commences à développer ton esprit critique !

– Merci, grande sœur. Et la réponse est... ?

– On fait un casse contre les casses, sociales, écologiques, sociétales, politiques. Un jeu de mots comme tu les aimes, non ?

– Mouais, j'aurais trouvé mieux.

Katia me colle une bourrade dans le dos, la secousse propulse mon téléphone en l'air, je le rattrape au vol. Katia applaudit ce tour de force. Mes yeux se dirigent par réflexe sur mon écran. Je découvre un message de

Kam : *"Tu es réintégré dans l'équipe mais plus aucun faux pas. Je te recontacte bientôt."*

Le destin n'est pas qu'un plaisantin, c'est une catin. L'ombre sur mon visage alerte Katia.

– Ça va, Mabataï ?

– J'ai juste reçu une nouvelle surprenante.

– Bonne ou mauvaise ?

Je ne veux pas mentir à Katia, je ne peux pas lui dire la vérité. Je m'en sors par une pirouette.

– Je ne sais pas.

29

L'odeur du ragoût de mouton embaume l'appartement. Et m'informe de la venue à dîner de Magali. Mes relations avec mon père se sont sérieusement tendues depuis l'épisode du commissariat. Mes contacts avec Magali sont inexistants.

J'ai décidé d'être charmant ce soir, j'en ai marre de me faire des ennemis. Comme le casse monté par Kam pourrait m'être fatal, je souhaite que mon père garde une bonne image de moi. Quant à Magali, elle a été plutôt sympa, je ne vois pas pourquoi je lui parlerais mal. Je vais à la cuisine, propose de l'aide à mon père. Un léger haussement de sourcils marque son étonnement, puis il me confie quelques menues tâches : peler les carottes, les couper en rondelles, sortir les patates du four... Jamais une parole, il me montre les aliments du doigt et je m'exécute. Je ne me souviens pas d'un tel moment de paix avec lui. Si je m'écoutais, je prendrais mon micro pour enregistrer le bruit de la cuisson, il pourrait servir de support musical à une de “mes expériences cheloues”, comme les qualifie Katia.

Le repas préparé, je m’apprête à regagner ma chambre en attendant l’arrivée de Magali, mais mon père brise le silence :

– Où vas-tu, Mabataï ?

– Je vais travailler un peu avant l’arrivée de Magali.

– Elle ne viendra pas ce soir.

– Ah, je croyais que… Bon d’accord, je vais mettre la table.

Encore une fois, pas un mot pendant le début du repas. L’atmosphère reste cependant détendue. Je me sens suffisamment en confiance pour entamer la discussion.

– Papa, tu connais Toussaint Louverture ?

– Bien sûr, tu sais que je voulais t’appeler Toussaint ? Mais ta tête de mule de mère, paix à son âme, a préféré Mabataï. Ce prénom te va bien, tu me diras.

– Tu avais choisi ce prénom en hommage à Toussaint Louverture ?

– Oui, qui d’autre ?

– Mais pourquoi ?

– Parce que c’était un homme admirable, qui a aboli l’esclavage à Saint-Domingue, ancienne colonie française. Il s’est battu…

Pendant cinq minutes, j’ai l’impression d’entendre Katia, avec la même passion dans la voix, la même admiration dans les intonations, la même flamme dans les yeux. Je suis surpris et je n'en suis qu'au début.

– Je n'imaginais pas que tu puisses être sensible à son parcours, papa…

– Tu ne me vois que comme un père qui te donne des ordres, qui te punit. Mais tu sais, j'ai été jeune. J'ai été politiquement engagé en République démocratique du Congo. Mon prénom, Patrice, provient d'un autre héros, Patrice Lumumba. Nous avons une longue tradition militante dans la famille et aujourd'hui, quand on me parle de l'assassinat du tout premier Premier ministre de ce qu'on appelait alors la République du Congo, j'ai une boule dans la gorge.

– C'est fou, j'ai du mal à t'imaginer militant politique.

– Attends, je vais te chercher des photos.

Mon père sort de table sans s'excuser, une rareté chez lui. Le pas aérien, il ouvre un placard et en sort un album.

– Les salopards qui nous ont cambriolés n'ont pas pris les choses les plus précieuses, fort heureusement.

Je découvre des photos hallucinantes de mon père et de ma mère portant des pantalons à pattes d'éléphant et des chemises à fleurs. Ils sont trop jeunes pour avoir connu les années 1970, c'étaient donc des vêtements rétros, à contre-courant de la mode. Les deux énervés brandissent un portrait lors d'une manifestation à Kinshasa. Ils sont incroyablement jeunes et mon père porte une coupe afro presque aussi volumineuse que celle de maman. Mes parents me rappellent Katia. Je suis mort de rire.

– Nous étions des gauchistes patentés, je crois qu'on a adhéré à toutes les tendances du communisme.

– C'est dingue, ça ! Tu es sûr que des extraterrestres ne t'ont pas enlevé ? Parce que maman, je l'imagine très bien, mais toi…

– Tu sais, on grandit, on fonde une famille et on devient raisonnable.

– Tu veux dire chiant !

– Ne parle pas comme ça devant ton père.

– La preuve !

– Tu as raison, j'ai des côtés psychorigides. Mais ne doute jamais que je veux ton bien.

Mon père m'attrape la joue en signe d'affection. Il a des progrès à faire dans la démonstration de ses sentiments. Au fil des pages de l'album, je découvre une face cachée de mes parents. Ils ont été jeunes. Sur l'une des photos, je vois mon père combatif face à un policier congolais. Protecteur, il tient maman par la main.

– Qui a pris ces photos ?

– C'est mon frère. Il était journaliste, il a fait un reportage sur notre petit groupe d'opposants.

– C'est fou, je n'en ai jamais entendu parler !

– Il est mort. Journaliste est un métier difficile à exercer sous une dictature. Il devenait gênant pour le pouvoir. Je suis parti en France juste après. En son honneur, j'ai hésité à t'appeler comme lui. Ta mère aurait accepté. Mais j'ai trouvé que le poids du prénom d'un défunt aurait été trop lourd à porter.

– C'était quoi, ce prénom ?

– Sékou.

Je n'arrive pas à y croire ! Ne devinant pas mon trouble, mon père poursuit :

– Mes parents avaient choisi le nom de Sékou en hommage à Sékou Touré, le premier président de la République de Guinée. Le prénom d'un Premier ministre pour moi, celui d'un président pour ton oncle, paix à son âme, tes grands-parents avaient des ambitions démesurées pour leurs enfants !

– Je ne comprends pas comment tu peux être avec une flic…

– J'ai changé comme tu changeras.

– Pas à ce point !

– Tu ne peux pas savoir. Même parmi les gens qui manifestent pour la mort de Samir Dahman, la plupart seront rangés quand ils auront mon âge, cinquante ans.

Mon coquet de père se rajeunit de cinq ans, j'en souris.

– Katia Dahman ne reniera pas ses engagements, j'affirme avec solennité.

– Tout d'abord, je n'ai rien renié. Le passé est le passé. Mais je trouve que les jeunes militants d'aujourd'hui vont trop loin dans leurs modes d'action. "La police tue", qu'est-ce que ça veut dire ? Qu'ils aillent faire un tour en RDC pour voir...

– On ne peut pas comparer.

– Tu ne peux pas comparer, moi si. Tu sais, quand on vieillit, on prend du recul. J'étais un admirateur inconditionnel de Toussaint Louverture au point de vouloir te donner son prénom. Même lui avait sa part d'ombre. Il a sombré dans une dérive autoritaire.

– Rien à voir avec Napoléon et ses généraux. On devrait déboulonner toutes leurs statues, c'est une honte qu'il y en ait encore dans nos rues.

Katia m'a dit que j'ai une bonne mémoire. Je crois que je viens de réciter ses paroles mot pour mot.

– Si on devait déboulonner les statues de tous ceux qui ont du sang sur les mains... Tu sais qu'il y avait plus de cultivateurs qui fuyaient les plantations de Saint-Domingue, l'ancien nom d'Haïti, en 1800, quand Toussaint Louverture est devenu gouverneur général, qu'en 1791, pendant l'esclavage ? Tout était à ce point contrôlé que les militaires devaient lui demander son autorisation pour se marier !

– Tu es sûr de ça ?

– Oui, c'est documenté par des historiens. À ton âge, je n'aurais pas voulu entendre la vérité. Et je ne te parle même pas des méfaits de Sékou Touré...

– Les jeunes ont de l'énergie, les vieux ont de la mémoire.

– Pardon ?

J'ai prononcé en mode automatique la punchline qui m'a traversé l'esprit. Mon père me lance son regard de la mort, celui qui glace jusqu'aux tréfonds de l'âme et, le plus sérieusement du monde, il rétorque :

– Ne me traite jamais de vieux !

Puis il se lance dans un fou rire, comme je n'en avais plus entendu de sa part depuis le départ de maman. Ça fait du bien de le voir humain, il retrouve les traits de sa jeunesse. Je lui tape l'épaule en signe de connivence. Moi aussi, j'ai des progrès à faire pour montrer mes sentiments. La discussion reprend et on se met d'accord sur le fait qu'on ne sera jamais d'accord. Nos deux générations veulent la même chose, l'égalité des droits, mais pas de la même façon.

Pendant que nous faisons la vaisselle dans le silence qui s'est à nouveau installé, j'ai une pensée pour Magali. Dommage qu'elle n'ait pas été là pour constater que l'on peut vivre une vie de famille normale.

– Papa, tu sais quand vient Magali ? Je voudrais m'excuser auprès d'elle.

– Elle ne viendra pas pendant un moment.

– Ah bon ? Pourquoi ?

– Comme ça.

– C'est ma faute ?

– Non, il me répond.

Je reconnais dans la voix de mon père le ton faussement assuré que j'adopte quand je mens.

30

Le refrain qui m'a réveillé au milieu de la nuit m'a-t-il été soufflé par la lignée de militants de mon arbre généalogique ? "*No Dahman No Cry*", sur l'air de la chanson de Bob Marley *No Woman No Cry*, trotte dans ma tête. J'envoie immédiatement un SMS à Katia, qui me répond sur-le-champ, malgré l'heure tardive, "*LOL*".

Ce n'est pas la réponse que j'attendais. Je travaille sur la musique, j'y ajoute quelques paroles. Je retourne me coucher et cinq minutes après, je suis tiré du lit par mon réveil. Sans m'en rendre compte, j'ai encore passé une nuit à composer. Ça m'arrive tous les jours depuis que Katia m'a annoncé que nous allions répéter dans un studio d'enregistrement dernier cri à Paris pour préparer l'audition avant le concert. Grâce à sa notoriété, elle a accès à des équipements incroyables. Mon inspiration est revenue d'un coup.

Après les cours, Katia est déjà au studio quand je m'y présente. Pour elle, être ponctuelle, c'est arriver avec trente minutes d'avance. Elle boit un café avec Ben, qu'elle me présente comme un producteur-arrangeur-bidouilleur génial. C'est quoi ce délire ? Pourquoi elle ne m'a pas prévenu ? Je ne suis pas suffisamment compétent pour m'occuper de la musique seul ? Je prends Katia à part pour lui demander des explications. Elle me répond que ce type a du métier, un réseau et une oreille extérieure. Quand j'irai trop loin dans mes expérimentations, il me ramènera sur terre. Quand Katia sera trop timorée, il l'aidera à décoller. J'ai l'impression que ma complice me force la main mais je prends sur moi. Il nous reste une semaine pour être prêts, pas de temps à perdre. Je reviens à une question plus urgente.

– Qu'est-ce que tu as pensé du son que je t'ai envoyé dans la nuit ?

– Je trouve que c'est trop me mettre en avant. N'oublie pas que c'est moi qui chante, et que Dahman est mon nom. Ça fait *ego-trip* plutôt que défense d'une cause.

– Je comprends mais c'est toi qui m'as dit qu'il fallait être fier, ne pas hésiter à affirmer son "je" pour défendre une cause, que "je" ne doit plus se cacher pour que "nous" puisse exister.

– Tu as *vraiment* une bonne mémoire.

– Eh ouais, je fanfaronne. Et toi, Ben, tu dis quoi ?

– Katia ne s'est pas donné la peine de me faire écouter l'enregistrement mais je me languis de le découvrir.

Je découvre en Ben le roi de la périphrase. Là où un "Oui" ou un "Non" suffirait, il ajoute des décorations, comme sur un sapin de Noël. L'atmosphère n'est pas géniale pendant les dix premières minutes puis elle se détend peu à peu. On hésite sur le répertoire : laquelle de nos chansons on va jouer ? Nous n'aurons qu'une chance. Le principe de l'audition sera calqué sur celui de *The Voice*, un jury de dos écoutera une dizaine de groupes et les trois plus convaincants gagneront le droit de monter sur scène. En tant qu'organisatrice, Katia aurait pu demander un passe-droit. Elle n'en a pas voulu. "Je lutte contre tous les privilèges, même ceux qui peuvent me profiter, sinon je perds ma crédibilité", a-t-elle expliqué, toujours aussi sérieuse.

Ben profite d'une pause pour écouter *No Dahman No Cry*. Il réagit instantanément :

– C'est celle-là qu'il faut.

Katia se renfrogne. La règle de la majorité joue contre elle mais elle détient encore un droit de veto. Et c'est son nom qui est en jeu. On décidera plus tard. On teste la chanson sans filet, Katia lit mon texte sur son portable, tandis que je lance le son sur ma platine. Elle réécrit quelques paroles, elle n'est pas fan des rimes faciles et trouve que j'en abuse. Elle aime bien trimballer l'auditeur, il attend ceci, elle lui donne cela. Sa voix, un peu timide au début, se lâche peu à peu. Elle est en train de tenter des expériences avec l'auto-tune. Je fais des tests de balance quand je l'aperçois de l'autre côté de la fenêtre donnant sur la rue.

Sékou.

Il est là.

Contrairement à son apparence dans mon rêve, il a grandi, mais sa silhouette, je la reconnaîtrais entre mille. Je ne peux pas passer à côté de cette chance. Je détale dans les couloirs du studio, me trompe de porte, reviens en arrière, maudis ce dédale, trouve enfin la sortie et scrute dans tous les sens. Puis je cours au hasard pour le retrouver. Mon meilleur ami a disparu. Katia et Ben ont observé cette scène sans avoir les sous-titres, ils me prennent pour un fou. Je reprends mon souffle quand ils me rejoignent.

– Ça va, Mabataï ? demande Katia.

– Je l'ai vu.

– Qui ?

– Sékou, mon meilleur ami, il était là, juste où je suis.

– Tu es sûr ? Moi, je n'ai rien remarqué.

– Moi non plus, confirme Ben.

– Je ne suis pas dingue, j'élève la voix, comme pour m'en convaincre.

– Nous n'avons pas dit ça, me rassure Katia en me tapotant le dos.

Je dois avoir une drôle de tête, car elle me propose d'arrêter la répétition. La semaine prochaine, c'est l'audition et je fais perdre du temps à tout le monde dès la première séance.

– Non, on y retourne.

– T'es sûr ? s'inquiète Katia.

– À 100 %.

– OK mais tu ne nous fais pas ça les prochaines fois ?

– Je ne vous lâcherai ni pour les répétitions, ni pour Le Casse.

Je suis sûr de moi. Je ne devrais pas.

31

Aujourd'hui, c'est l'audition avant Le Casse. Un test grandeur nature. La journée de cours est interminable. Pendant la pause, je croise Katia, qui a l'air détendue. Nous cachons bien notre jeu tous les deux.

– Alors, on joue quoi ce soir, Katia ?

– Tu as gagné, ce sera la reprise de Bob Marley. Mais tu n'as pas intérêt à faire le coup de la première répétition.

Retour en salle de classe. Je bénis M. Hamdachi de nous parler d'astrophysique aujourd'hui. Par une association d'idées dont j'ai le secret, en voyant un astronaute, je pense aux Daft Punk et je réalise que je suis passé à côté d'un ÉNORME détail : si je suis sur scène, tout le monde risque de me reconnaître. Que va dire Kam en me voyant avec la sœur de Samir Dahman ? Déjà que je suis sur la sellette… Les Daft Punk me soufflent la solution : une cagoule. Puisque le rassemblement s'appelle Le Casse, on va jouer le jeu jusqu'au bout.

La sonnerie nous délivre du lycée. Avant de me diriger vers la salle de concert pour retrouver Ben et Katia, je fais un crochet par un magasin de vêtements. La cagoule n'étant pas très à la mode, je trouve mon bonheur au bout de cinq tentatives. Je cours pour rattraper mon retard et, arrivé à la salle, je propose mon concept cagoule/casse. Ben trouve l'idée culottée, Katia fait la moue.

– Les masques, ça fait groupe terroriste, ça craint.

– On peut prendre une tenue de ninjas pour marquer la différence.

– Tu veux aller à un bal masqué ou quoi ? De toute façon, ce n'est qu'une audition, il n'y aura que le jury, pas besoin d'en faire des tonnes.

Devant la salle, des groupes affluent petit à petit. Pas une dizaine de personnes mais bien une centaine. Les rassemblements #JusticePourSamir ont réuni plusieurs milliers de manifestants, l'événement est national et il attire les artistes amateurs en quête de visibilité. On parle d'un duplex en direct sur une chaîne d'information en continu. Stéphane Pichard pousse pour un maximum d'exposition, Katia est plus réticente. Elle est mal à l'aise avec l'instrumentalisation de la mort de son frère, la même méthode que le politicien a utilisée avec son agression. Il a déclaré que ses assaillants avaient crié "Vive Guillaume Thierry", le flic accusé du meurtre de Samir Dahman, et a fait le lien avec les militants d'un parti d'opposition. L'enquête n'a pas encore permis de trouver les coupables. Grâce à l'élan de sympathie pour la victime, la cote de popularité de Stéphane Pichard a grimpé en flèche. Il devrait me remercier d'avoir envoyé les hommes de Kam lui arranger le portrait.

Dans la queue pour l'audition, Katia se tourne vers moi.

– Tu as raison.

– Je sais, mais de quoi tu parles ?

– Que c'est drôle ! Mais bon, tu ne dis pas que des âneries. Ce serait dégueulasse si j'arrivais le visage à découvert. La rumeur va gagner la salle, les jurés sauront forcément que c'est moi, d'une manière ou d'une autre. Comment on va faire ?

– T'inquiète, j'ai ramené ce qu'il faut.

– Vraiment ?

Je sors les trois cagoules. Katia bondit de joie et me fait un *hug* qui dure un peu trop longtemps pour ne pas être équivoque. Ben casse la magie de l'instant :

– Hé, les amoureux, je ne suis pas là pour tenir la chandelle.

Katia se dégage de moi. Son regard est moins franc, son front moins haut, sa belle assurance semble envolée.

– Il y a aussi un autre problème : ma voix. Elle est devenue connue, y compris des membres du parti…

– Le visage, la voix, et puis quoi après ? Tu sais ce que tu nous fais là, Katia ? Tu as le trac, je lui dis.

– Tu racontes n'importe quoi !

– Tu chantes avec un auto-tune, même ta mère ne pourrait pas savoir que c'est toi !

– Oui mais…

Je suis traversé par un frisson de sérénité, comme lors du test de Kam. Et même plus que ça, il me semble que le temps se ralentit. Une scène se dessine dans ma tête, elle me fait sourire.

– Tu sais ce qu'aurait dit Sékou ? On va tout casser, il n'y a plus d'autre choix.

Katia est ragaillardie. Ben, lui, reste tel qu'en lui-même, tout semble glisser sur lui.

Un homme au teint blafard, d'une trentaine d'années, avec des dreadlocks, une barbe fournie et un t-shirt floqué d'une carte de l'Afrique, vient à notre rencontre. Katia murmure "Appropriation culturelle" puis elle enfile vite sa cagoule. Il se présente comme régisseur, nous fixe avec un sourire narquois. Son carnet à la main lui donne un air de prof.

– Vous êtes les prochains à passer, quel est le nom de votre groupe ?

– Euh…

Je me tape la main sur le front. Comment n'y ai-je pas pensé ? Katia se pose la même question. Ben reste imperturbable.

– Alors, le nom du groupe ? Les Tortues ninjas ?

Le mec se marre. Sa moquerie n'aide pas à nous concentrer. Nous demandons deux minutes, le régisseur nous en accorde une.

– Ce n'est pas le boulot d'un producteur de penser à ce genre de détail ? je lance à Ben.

– Non, il répond, flegmatique.

– On pourrait s'appeler Le Casse, suggère Katia.

– C'est déjà le nom de l'événement, lui rappelle Ben.

– Les Brigands alors, elle propose à nouveau.

– Pourquoi pas Les Forbans, tant que tu y es ? je rétorque sèchement.

– Oh ça va, moi au moins, j'ai des idées, elle s'énerve.

– Tu as raison, excuse-moi. On peut jouer la carte de l'humour avec Les Tortues ninjas ?

– Copyright ! objecte Ben.

Le régisseur s'approche, il tapote son stylo contre son carnet, battant la mesure de son impatience.

– Qu'est-ce qui nous caractérise en un mot ou deux ? demande Katia.

– Toi, tes cheveux, je m'amuse.

– Pas le moment de faire des blagues, Mabataï.

– Je crois que j'ai ma petite idée, glisse Ben, avec un air malicieux.

– Et ? l'interrogeons Katia et moi en chœur.

– Nous sommes des princes, il affirme, très sûr.

– Pardon ? Katia le coupe. Ce n'est pas un peu prétentieux ?

– C'est toi qui dis sans cesse qu'il faut s'affirmer, on veut renverser les privilèges et être des princes comme les autres. Prince, ça évoque aussi le chanteur, donc l'histoire de la musique, comme tes textes convoquent la mémoire. Et tu refuses la rime facile, tu veux surprendre les auditeurs selon "le fait du prince". Les princes, ça colle à tous les niveaux.

Sans attendre notre assentiment, Ben va voir le régisseur. Maintenant, il va falloir assumer notre titre de noblesse sur scène. On nous appelle.

3. 2. 1. C'est parti.

32

Les Princes ont été sélectionnés parmi les trois groupes qui se produiront sur scène et notre anonymat a été préservé. Le choix du morceau s'est avéré payant, ce sera l'hymne du Casse, l'événement organisé par le parti de Stéphane Pichard. Pendant trois semaines, j'ai vécu musique, rêvé musique, mangé musique. J'ai fait exploser le couvre-feu des 20 heures, avec le consentement de mon père, heureux que je m'investisse dans ma passion.

Nos répétitions en studio ont payé. Nous ne sommes plus trois individualités, nous sommes devenus un vrai groupe. Ben voulait qu'on se présente comme un duo mais Katia et moi avons insisté pour qu'il monte sur scène lui aussi. Attentif au moindre détail, il est notre chef d'orchestre et il joue de plusieurs instruments. Il remarque tout de suite si Katia et moi sommes dans le bon timing. Il reconnaît nos humeurs à nos gestes, à nos voix. Grand lecteur de manuels de bien-être, il nous rappelle qu'on doit mettre nos énergies négatives entre parenthèses pendant qu'on joue. Il ne doit rester que l'amour sur scène. Et il ajoute en nous taquinant qu'il y en a beaucoup entre nous.

Katia est plus sûre d'elle quand elle porte la cagoule. Elle qui ne veut pas se mettre en avant en tant qu'artiste a trouvé là un accessoire qui lui va. Elle est désormais plus ouverte aux explorations, elle en propose quelques-unes. Je lui ai suggéré de commencer par sa propre phrase : "La mort de mon frère n'était pas dans mon plan de carrière." Elle m'a tapé le crâne pour vérifier s'il sonnait creux. Elle m'a rappelé que la cagoule, c'était justement pour rester anonyme.

Au fil des jours, je suis devenu de plus en plus calme. On parle parfois d'un troisième œil qui permet de se voir de l'extérieur. J'ai l'impression que le mien s'est ouvert. J'ai repensé à ma conversation avec le chef de musique de la Police nationale. Apprendre le solfège me tente. Je suis allé voir quelques vidéos sur internet. C'est laborieux mais j'ai glané des informations, des conseils ici et là.

Ce bien-être s'est étendu aux cours. Mes notes remontent. Je suis passé de mauvais à moyen. Et même très bon en histoire grâce à Katia et à ma mémoire. Mon père m'a posé la même question que lorsque ma courbe de résultats avait dégringolé : est-ce qu'il y a une fille là-dessous ? Je mentirais si je disais qu'il est à côté de la plaque. Je ne le lui ai bien évidemment pas avoué.

Sékou vient me rendre régulièrement visite dans mes rêves. Ils sont si réalistes qu'il me faut bien une à deux minutes pour comprendre qu'il n'est pas là, à mes côtés. Le Sékou onirique n'a plus essayé de m'étrangler. Il me parle comme lors de nos années de primaire et de collège. Ses blagues, je les note comme autant de punchlines, même si Katia n'en est pas très fan et qu'elle en refuse les trois quarts. Je les recycle pour mes propres compositions. J'ai de quoi faire un EP solide au titre tout trouvé : *Banale flambée dans ma cité*. Je dois en être à ma quinzième version, ce morceau est mon idée fixe, mon fantasme et mon cauchemar. Je l'ai disséqué pour mieux le remonter, Katia dirait déconstruire. Mon amie a influencé l'orientation de mes textes : zéro punchline. Mais j'ai cédé à ce qu'elle appellerait la facilité de la rime. Elle déplore toujours mon manque d'engagement politique. Pour moi, raconter, c'est politique.

Le jour du concert arrive. Je suis tellement détendu que je m'autorise une sieste à quelques heures de celui-ci. Sékou vient à nouveau squatter mon rêve. Son visage est moins jovial que dans mes derniers songes. Il joint les mains comme le fait mon père avant de me donner un conseil ou m'alerter d'un danger. Il murmure : "Tu ne trouves pas bizarre que Kam ait su que tu faisais de la musique ? Que Ben débarque du jour au lendemain à vos répétitions ? Le seul lien entre les deux, c'est Katia. Je veux bien que tu sois beau gosse mais tu trouves ça normal qu'elle se soit presque jetée dans tes bras ? Et comme par hasard, elle fait de la musique ?" Le vibreur de mon téléphone portable l'interrompt. Je sursaute, cherche l'appareil à droite et à gauche, le retrouve sous mon lit. Mes mains tremblent quand je prends connaissance du message : *"Le casse, c'est aujourd'hui, viens immédiatement sans ton téléphone portable."*

C'est Kam.

Comme par hasard, il fallait que son casse soit aussi ce jour-là... La coïncidence est trop flagrante, cela ne fait que renforcer ma paranoïa. Avant de partir, j'envoie le message que j'ai préparé de longue date.

Je donne une longue accolade à mon père, en train de lire le journal dans le salon. Il met ce geste d'affection inhabituel sur le compte du trac.

– Ne t'inquiète pas, le concert va bien se passer. Tu es sûr que tu ne veux pas que je vienne ?

Je lui réponds que non. En quittant l'appartement, je suis convaincu d'aller au-devant d'un piège.

33

Une impression désagréable gagne Katia. D'abord un mauvais pressentiment qui se transforme en brûlure d'estomac. Le stress avant le concert ? Non, il s'agit de Mabataï. Peut-elle lui faire confiance ? Elle passe de très bons moments avec lui, il est le seul à ne pas la voir comme l'icône d'une lutte, mais comme une jeune femme. Son détachement par rapport à l'actualité l'agace un peu, elle aimerait le voir plus concerné, plus engagé, plus militant. Plus politique. Elle lui apprend toujours les nouvelles du monde, il semble vivre sur une île déserte, détaché de toute contingence extérieure. La façon dont il perçoit le quotidien ressemble à sa façon d'écrire, il prend les faits isolément les uns des autres sans leur donner de sens. La mort de son frère est pour lui un fait divers, une bavure, non un phénomène de société, une violence policière. Est-ce qu'elle pourra bien s'entendre avec lui dans la durée ? Est-ce qu'elle veut le changer ?

Mais là n'est pas sa seule préoccupation. Lors de la répétition où il a cru voir son ami Sékou, elle regardait par la fenêtre qui donnait sur la rue. Ben aussi. Ni l'un ni l'autre n'ont vu personne. Et voilà que du jour au lendemain, il prend l'initiative d'acheter des cagoules pour l'audition. Ce garçon a-t-il quelque chose à cacher ? Il est allé voir la psychologue de la cellule d'écoute du lycée, ce qui dénote une certaine fragilité. Ce n'est pas un mal en soi, ça le distingue des personnes de son âge qui jouent aux mecs. Mais si c'était plus qu'une névrose ordinaire ?

Katia s'interroge aussi sur elle-même. Qu'est-ce qui l'attire chez le jeune homme ? La réponse lui fait peur. En l'abordant lors de cette soirée chez Stéphane Pichard, a-t-elle voulu sauver son frère à travers Mabataï ? Est-ce que leur relation ne tient qu'à la culpabilité qu'elle ressent de ne pas avoir réussi à extirper Samir du piège de la drogue ? Il s'agirait alors d'un transfert malsain et ce serait injuste vis-à-vis de Mabataï.

Katia avait récupéré le numéro de téléphone de Mabataï en menant une enquête qui s'était avérée plus compliquée que prévu. Impossible de l'obtenir de l'un de ses camarades de classe. Il n'entretient de lien avec aucun d'eux. Elle avait dû passer par Stéphane Pichard, son ancien client, à qui elle avait dû le réclamer à plusieurs reprises. L'homme politique est terrorisé qu'on puisse faire le lien entre Mabataï et lui. Il a mis sa carrière en jeu avec le mensonge sur son agression. Si les médias apprennent la vérité, il est fini et le faux témoignage lui vaudra des poursuites judiciaires. Pour le moment, cette stratégie lui a rapporté gros, il est conscient qu'elle peut se retourner contre lui.

La curiosité de Katia la pousse à chercher des informations sur ce Sékou qui revient tellement dans les conversations de son ami. Tout le monde laisse des traces sur internet. Mabataï est un prénom peu commun, elle recueille des petits cailloux qui la conduisent vers des photos de classe. Un certain Ethan Touré est une mine d'informations. Il assortit ses publications d'école primaire de commentaires. Pour qualifier Mabataï, l'adjectif "chelou" revient souvent. Il mentionne tous ses camarades, sans exception. Et il n'y a pas de Sékou.

Katia devrait être heureuse de se produire en concert mais elle est gagnée par un spasme d'anxiété : elle est convaincue que le garçon avec qui elle va jouer souffre d'hallucinations. Peut-être même qu'il est dangereux.

34

Chère Magali,

Je commence en te présentant mes excuses. Même si je pensais certains de mes propos sur la police, le commissariat n'était pas le lieu pour entamer ce débat. J'espère sincèrement que je ne suis pas à l'origine de la rupture entre mon père et toi. Une partie de moi a l'impression de trahir ma mère, une autre est très heureuse de constater que vous formez un beau couple. Je crois que je dois avoir des prédispositions au dédoublement de la personnalité !

Au commissariat, j'ai été de mauvaise foi. J'ai remis en doute la version de Guillaume Thierry alors que j'étais dans le parking lorsque la scène s'est déroulée. À la suite d'un enchaînement d'événements, je me trouve à la fois en possession du paquet de Samir Dahman et je suis témoin oculaire du crime.

Pour le paquet, tu le retrouveras grâce aux coordonnées de géolocalisation que je viens de t'envoyer par SMS. Il contient des vidéos filmées par Samir Dahman. Et des fichiers, probablement la liste des clients de Kam et de son équipe.

Pour le crime, j'ai vu Jules mettre le flingue dans la main de Guillaume Thierry, qui était KO. Il tenait en joue Samir Dahman et il a pressé la détente en appuyant sur le doigt du policier. Le corps a ensuite été déplacé, quand j'ai quitté ma planque, il n'était plus là.

Pourquoi je ne te l'ai pas dit avant ? Je devais mener mon enquête pour une raison que je t'expliquerai plus tard.

Si je t'envoie ce message, c'est parce que je suis sur le chemin du casse, l'opération montée par Kam. Je ne sais pas de quoi il s'agit, je trouverai sur place un moyen de te joindre.

Je t'envoie ce message par tous les moyens à ma disposition : SMS, mail personnel, mail professionnel. Il est vital que tu le lises.

Dis à papa que je l'aime.

Mabataï

Magali Sergent reçoit ce message sur son téléphone portable. Elle le relit deux fois pour être sûre de l'avoir bien compris. Si ce n'est pas une blague, il faut qu'elle appelle son chef tout de suite. Comme s'il avait senti le danger, Albator se met à aboyer de toutes ses forces.

PARTIE 4
LE CASSE

35

Jules conduit 20 km/h sous la vitesse autorisée par le Code de la route. Une telle prudence ne lui ressemble pas. En cherchant à éviter d'attirer l'attention, il risque d'obtenir le résultat inverse. Un automobiliste le klaxonne pour l'inciter à accélérer et quand la voie s'élargit, il le dépasse en faisant un doigt d'honneur. Tous les muscles de l'armoire à glace se tendent. Ses mains se crispent sur son volant. Je suis sur le siège passager, l'homme fluet qui m'avait coursé lors du test de Kam est sur la banquette arrière.

– Calme-toi, Jules, ce serait trop con de déraper le grand jour pour un moins que rien, dit l'ancien champion de course.

Je m'étonne d'un absent de marque. Je profite que le silence soit rompu pour poser la question qui me taraude depuis que je suis monté dans le véhicule.

– Kam, il est où ?

– Dans ton cul.

La réponse de gamin de Jules provoque un événement effrayant : son rire. Le colosse révèle sa dentition rare façonnée par les bagarres de rue. Sa place dans la hiérarchie pourrait l'exempter de la tâche ingrate d'être mon chauffeur mais il tient à se frotter au terrain pour ne pas trop rouiller. Je suppose qu'il en profite pour assouvir son sadisme. Son visage taillé au burin est un avantage psychologique sur ses adversaires. Ses cicatrices bien visibles sont les trophées de ses combats passés.

– Tu sauras bien assez tôt où est Kam.

Plus un mot et une inquiétude sourde monte en moi. Nous nous dirigeons vers la salle où se déroule l'autre casse, le rassemblement politique. Et si c'était l'objectif de Kam ? Comment n'ai-je pas fait le rapprochement plus tôt ? Le fluet me demande de me tourner vers lui et d'écarter les bras.

– Encore ? je proteste mollement.

Il m'avait déjà fouillé en montant dans la voiture. Ses gestes sont plus brutaux, pour bien marquer que je devrais la fermer. Sa mauvaise humeur s'accentue quand le véhicule est ralenti par les embouteillages aux abords du rassemblement. La façon dont il me martèle les côtes ressemble à des coups.

Un scénario se dessine de plus en plus nettement : nous allons buter Stéphane Pichard. Il s'est déjà fait casser la gueule par les hommes de Kam – sûrement par Jules lui-même – mais ça n'a pas suffi. Reste une inconnue : pourquoi le faire lors d'un événement public, devant des caméras et tant de témoins ? La réponse la plus probable : pour en faire un événement politique. Il doit y avoir une alliance de circonstance entre Kam et un parti d'opposition. Ou alors c'est Pichard lui-même qui a commandité une tentative d'assassinat en public, dont il réchappera en héros. L'élection présidentielle approche, ce serait une aubaine pour lui. Si les hypothèses sont multiples, la cible devient limpide et je tremble pour Katia : elle sera aux côtés de Pichard. Se débarrasser de la sœur de Samir Dahman ne fera qu'attiser le désordre. Et pas besoin de l'épargner, elle, sa mort vaut plus qu'une blessure. Pourquoi ont-ils besoin de moi pour ce travail de pros ? C'est tellement évident… Kam s'est servi de ma proximité avec Katia pour que nous puissions nous faufiler au plus près des cibles. Depuis le début, je suis suivi à la trace, Kam sait tout de moi et il m'a manipulé. L'ironie de la situation m'apparaît quand il me tend une cagoule. Je vais être le complice de l'assassinat de ma seule amie et je vais porter le chapeau, dans tous les sens du terme.

***

Katia est dans les loges du grand rassemblement politique. Elle se regarde dans le miroir et ne voit qu'une idiote. Comment a-t-elle pu croire Mabataï ? Elle l'a appelé des dizaines de fois et elle est toujours tombée sur son répondeur. Sa fuite lors de la première répétition au studio l'avait alertée. Mais elle a eu l'idée de faire des recherches sur son "meilleur ami" Sékou bien trop tard pour le confronter à son tissu de mensonges. Ben est avec elle. Sa sérénité à toute épreuve la stresse. Il a beau répéter que tout va bien se passer, ses mots ne sont rien face à l'implacable réalité : le troisième membre du groupe est absent à deux heures du concert.

Est-ce si important que cela ? Katia se dit qu'elle a succombé à l'orgueil en voulant se produire en public. Mabataï l'avait prévenue, le concert pourrait être interprété comme une façon de tirer la couverture à elle. Et si elle avait franchi un pas de trop ? Et si elle avait pensé à elle avant la cause ? Elle n'est pas là pour s'amuser, pour faire la belle. Elle est là pour parler de son frère, pour éveiller les consciences sur les injustices. Les mots qu'elle va prononcer pendant le grand rassemblement sont plus importants que la musique.

On frappe à la porte de la loge. Stéphane Pichard lui annonce qu'ils vont monter sur scène dans dix minutes. Elle n'a jamais aimé la voix mièvre de son allié politique. Le drôle de pressentiment qui brûlait son estomac lui monte à la tête, une migraine soudaine fait tanguer le monde autour d'elle.

***

La patience de Kam est éprouvée. Ni Jules ni Mabataï ne sont à l'heure. Son bras droit protège ses arrières, le gamin lui sert de garantie. Si les choses tournent mal, il se servira de son lien avec la policière Magali Sergent. Il regarde sa montre pour la dixième fois. Elle signale un retard qui ne cesse d'augmenter. Pendant toutes les répétitions, aucun scénario de ce genre n'avait été envisagé. Tout avait pourtant été millimétré. Le chef de bande déteste l'improvisation.

Deux hommes de son équipe sont avec lui. Ils se sont entraînés sans relâche. Tout doit aller très vite, il ne doit y avoir ni témoins ni intervention de la police. Les deux interrogent le chef du regard. Y aller ou non ?

Kam ne peut pas joindre son bras droit, il a interdit les téléphones portables. Allumés ou éteints, ils sont traçables. Lui-même ne sait pas ce qu'il doit faire. Dans cinq minutes, il devra se décider. Remplir la mission ou abandonner. Après, il sera trop tard. Sa taupe disparaîtra, elle a pris suffisamment de risques. Qu'est-ce que Jules peut bien faire ?

***

Ça y est, les ralentissements sont derrière nous. Nous n'allons pas à la salle de concert. Toutes mes théories étaient foireuses. À moins que ce ne soit une feinte et que Jules ne fasse soudainement demi-tour. Ça n'aurait pas de sens de perdre du temps pour rien. Mais évidemment, c'est ce qui se produit. Jules sort de l'autoroute où il s'était engagé. Il prend des petites routes jusqu'à un garage où il change de voiture. Nous repassons à proximité de la salle de concert. Dans ce sens, la circulation est fluide. Jules savait ce qu'il faisait, il a brouillé les pistes. Il préfère être en retard plutôt que tout faire rater à cause d'un détail.

Lors du test imaginé par Kam, je m'étais étonné d'être resté calme alors que trois hommes me pourchassaient. Là, rien de tel : je panique.

***

Katia est sur la grande scène. Migraineuse, elle écoute avec grand-peine Stéphane Pichard. Tout à l'heure, elle l'a vu remettre son pansement au visage alors qu'il n'a ni bleu ni écorchure. Cet homme est un dissimulateur, le pire des cyniques. Il énonce de longues phrases sur la justice, la vérité, la défense des opprimés contre la casse sociale organisée. Chaque fois qu'il éructe le mot "casse", la foule l'applaudit. À chaque mention de la police, elle hue. Tous ces gens de bonne foi lui paraissent pour la première fois obéir à des réflexes pavloviens, et ça lui fait peur.

Dans deux minutes, ce sera au tour de Katia de parler. Elle pense à cette phrase qu'elle avait dite à Mabataï, “La mort de mon frère n'était pas dans mon plan de carrière”, quand un larsen lui transperce les tympans. Le micro de Stéphane Pichard fait des siennes. Un bruit encore plus désagréable l'interrompt. Quelque chose se passe au fond de la salle.

***

Ne pas mettre soi-même les mains dans le cambouis. C'est pour cette raison que Kam a une équipe. Ils devaient être cinq : Jules et ses deux hommes pour l'action, lui pour la supervision et Mabataï pour la garantie. Il y a une sixième personne dans l'équation et elle n'est pas à son poste, contrairement à ce qui était prévu.

Une poignée de secondes – le temps d'un choix – peut faire la différence entre une vie banale et un destin. Kam rêve d'un destin. Quand il est devenu chef de bande, il a pris l'ascenseur vers le pouvoir. Peut-être que Jules a raison, l'éloignement de la rue l'a ramolli. Peut-être qu'il n'est plus qu'un businessman aux crocs limés. Ce coup, c'est son dernier dans l'illicite. Fini de faire du sale, après, il aura suffisamment d'argent. Il ne se voit pas prendre sa retraite, il est accro au pouvoir. Il va monter une affaire tout à fait légale où ses concurrents seront un autre genre de requins. Il n'aura pas mille occasions pareilles. Quand un de ses gars lui demande une énième fois ce qu'ils vont faire, Kam se décide à y aller. Tant pis si en l'absence de Mabataï, il perd son assurance tous risques.

***

Je vais de surprise en surprise. Nous dépassons de nouveau la salle de concert et nous revenons au quartier, dans un parking. Pas n'importe lequel : celui où j'ai assisté à la scène du crime. Jules décrypte le point d'interrogation sur mon visage. Il se transforme en point d'exclamation de terreur quand il me sort :

– Ça te rappelle quelque chose, non ?

– Hein ? je réponds abasourdi.

– Tu joues mal l'innocent.

– Je ne comprends pas…

– Ferme-la, petit con.

Jules gare la voiture à côté d'une fourgonnette. Cinq hommes en sortent, dont les trois malabars du test pour le casse. Ils chuchotent et se marrent. Le rire de Jules me glace. Ce n'est rien comparé à l'effet produit par la lecture qu'il entame, une expression mauvaise aux lèvres :

– "Chère Magali, je commence en te présentant mes excuses. Même si je pensais certains de mes propos sur la police, le commissariat n'était pas le lieu pour entamer ce débat. J'espère sincèrement que je ne suis pas à l'origine de la rupture entre mon père et toi"... Et gnagnagna. Qu'est-ce que tu dis de ça, espèce d'enfoiré ?

La foudre me traverse de la tête aux pieds quand ses hommes de main sortent Magali de la fourgonnette, ligotée et bâillonnée.

***

Une dizaine de personnes – majoritairement des femmes – se lèvent et brandissent des pancartes *NOS MORTS NE LE SONT PAS MOINS QUE LES VÔTRES*. La sécurité tente d'intervenir. Stéphane Pichard demande d'augmenter la sono pour couvrir leurs voix, le temps que les costauds expulsent ces importunes. La foule insulte les intruses.

Cette réaction rappelle à Katia ses premières interventions, quand elle demandait la parole et qu'on la lui refusait systématiquement. C'était avant la mort de son frère, son engagement politique était alors local et confidentiel. Elle ne veut être complice d'aucune forme de censure. Elle allume le micro qu'elle tient dans ses mains.

– Sécurité, ne les faites pas sortir s'il vous plaît ! Que l'une d'elles monte sur scène pour nous faire part de leurs revendications.

Stéphane Pichard fusille Katia du regard. La salle gronde. Elle ne sait plus s'il faut continuer de siffler. Pichard tente de reprendre la main.

– Nous avons un programme très précis, nous devons le respecter, chère Katia, tranche Pichard avec un ton paternaliste.

– Si c'est une question de timing, je leur passe mon tour de parole, réplique du tac au tac Katia.

L'assistance ne comprend pas ce qui se joue entre les deux orateurs. La majorité du public est constituée de membres du parti. Mais Katia est une figure que l'on écoute désormais, et la sécurité, sans attendre l'aval de Pichard, se laisse convaincre par la jeune femme. Le colosse qui escorte l'une des protestataires jusqu'à la tribune glisse à l'oreille de Katia :

– J'admire votre combat, vous savez. Mais j'espère que vous savez ce que vous faites.

La femme se présente : Virginie Larnicole, femme d'un policier mort en service. La salle hurle des "Bouuuuuu !". Katia leur demande le silence – et elle l'obtient. Ce pouvoir sur la foule lui fait peur mais il lui est utile. Virginie Larnicole la remercie et elle poursuit :

– Tous les jours, des policiers risquent leur vie pour protéger les citoyens…

***

Le fourgon transporteur de fonds qu'ils attendaient arrive pile à l'heure. Au moins, cette donnée planifiée est correcte. Kam enfile une cagoule et fonce avec ses deux complices. Ils ont trois minutes pour agir, pas une de plus. C'est le temps que leur a communiqué la taupe qui travaille chez le transporteur. Normalement, le véhicule devait être escorté par deux flics, dont Magali Sergent. Ils sont bien deux mais elle n'est pas là, elle a dû être remplacée au pied levé. Mabataï était l'assurance de Kam au cas où les événements tourneraient mal : oserait-elle arrêter le fils de son compagnon ? Tout était calculé. Mais dans la vie comme en maths, on peut parvenir au bon résultat à partir de fautes de calculs qui se compensent. Les flics ont été immobilisés sans problème, le camion est braqué en moins de deux minutes, record battu, tous entraînements confondus. Les événements s'enchaînent encore mieux que prévu. Les trois hommes s'auto-congratulent en retournant vers leur véhicule prêt à démarrer au quart de tour. Mais la place est soudain remplie de policiers. Kam a un revolver dans la poche. Il sait que ce serait du suicide de l'utiliser mais il sait aussi qu'il ne supportera pas la prison. Lever les mains en l'air ou les baisser à la ceinture ?

Il se mord l'intérieur de la joue.

***

– Tu es comme une limace, tu laisses des traces partout.

Dans le parking désert, Jules triomphe. Sa joie, il la communique en me mettant des claques. Un moment de répit et je balbutie :

– Kam savait tout depuis le début ?

– Oublie Kam ! Il est hors jeu ! Il me regardait de haut avec ses grands mots, mais où il est maintenant ?

– Je ne comprends pas…

– Tu as toujours été largué. Tu crois que tu aurais pu m'échapper au lycée avec la clé USB de Samir Dahman ? Ta petite tête ne s'est pas demandé comment j'avais pu débarquer aussi vite sur les lieux ? Je te suivais depuis un moment. J'ai même retrouvé la came et la clé USB. La marchandise, je l'ai laissée pour ne pas éveiller les soupçons, la clé, je l'ai confiée à un de mes gars pour qu'il efface toutes les traces compromettantes puis je l'ai remise moi-même dans ta cachette.

– Je ne comprends pas…

– Alors tu es encore plus con que je le pensais. Je t'ai utilisé pour faire tomber Kam comme j'avais utilisé Dahman…

– Je croyais que…

– Tu avais tous les éléments en main sauf que, comme les autres, tu m'as cru incapable de penser. C'est moi que tu as vu dans ce même parking. Tu en as déduit que j'agissais comme bras droit mais c'était pour moi-même. Je savais que Dahman était un indic, ça se lisait sur son visage. J'ai réussi à me débarrasser de lui en montant cette histoire. J'ai foutu le bordel dans les affaires de Kam. C'est une petite nature, il déteste le désordre, il lui faut du calme pour réfléchir. Il a été aveugle. Comment je peux faire confiance à ce mec incapable de voir ce qui lui pendait au nez ?

– Tu t'es servi de moi ?

– Tu as été une bénédiction tombée du ciel. Tu coches toutes les cases. Aujourd'hui, tu vas tuer Magali Sergent.

J'esquisse un mouvement de recul mais les hommes de Jules m'encerclent.

– Je ne ferai jamais ça !

– Tu as déjà été drogué. Comme Guillaume Thierry. Dans cinq minutes, tu vas perdre connaissance. Tu crois que je te raconte ma vie pourquoi ? Je passe le temps. Le plus drôle, c'est que tu vas aussi mourir. En fait, dans notre version de l'histoire, vous vous êtes entretués. Plus de témoins, plus de problèmes.

– Non, non, non, je répète, désespéré.

– Pauvre petit… Tu m'as aidé à creuser ta propre tombe. La flic est en couple avec ton père, tu as écrit une chanson pour dire combien ça te tourmentait, tu as aussi chialé sur ta mère… Tes états d'âme de fillette font de toi le parfait coupable d'une vengeance personnelle.

– Personne ne croira ça !

– Ah bon ? Tu ne connais personne, personne te connaît à part ton père. Tu es seul. Tu as le profil type du psychopathe, mec. Ce que je n'arrive pas à comprendre, c'est pourquoi tu as voulu nous infiltrer ? Ça me rend nerveux de ne pas savoir. Dans ton message à la flic, tu parlais d'une raison personnelle. C'était quoi ? Qu'est-ce que tu cherchais ?

– La justice.

– Putain de connerie !

Jules me met un coup aux côtes. Je le sens à peine. L'effet de la drogue. L'un de ses acolytes, le fluet, lui demande de se calmer pour éviter la découverte de contusions en cas d'autopsie. Je tremble à ce mot, qui augure ma mort. Mes forces me quittent peu à peu. Mes yeux tournent. À deux doigts de l'évanouissement, je distingue une ombre. Non, je ne suis pas seul.

***

L'intervention de Virginie Larnicole est chahutée par des sifflets. Qui l'a vraiment écoutée dans la salle ? Katia se sent bizarrement solidaire de cette femme. Elle n'est pas d'accord avec tout ce qu'elle a dit, loin de là, elle n'a pas assez insisté sur le rôle des policiers au service de l'État et les responsabilités qui vont avec. Elle en discutera avec elle plus tard mais, à cet instant, elle lui reconnaît le mérite du courage.

En partant, la femme se penche vers Katia et lui souffle :

– Merci.

Stéphane Pichard tend le micro à Katia mais celle-ci repousse :

– J'avais dit que je lui donnais mon tour et je n'ai qu'une seule parole.

***

Non, il ne va pas mourir. Kam décide de lever les mains en l'air pour se rendre à la police. Quand on lui passe les menottes, toute la machination lui paraît évidente. C'est Jules qui l'a donné. Il va le faire payer. Et il ne veut pas qu'un innocent meure pour rien. Sous l'œil incrédule de ses deux complices, Kam balance aux policiers que Mabataï Ngoma est en danger. Les flics sont perplexes, quel intérêt aurait le chef de bande à se mettre spontanément à table ? C'est seulement quand il mentionne Magali Sergent et que ses collègues n'arrivent pas à la joindre qu'ils le prennent au sérieux. Toutes les unités sont mobilisées pour que deux familles de plus n'aient pas à déplorer la mort d'un des leurs.

***

L'ombre qui se glisse vers nous me donne un regain d'énergie. Agacé, Jules s'impatiente :

– Tu vas t'endormir ou il va falloir que je te flingue moi-même ?

Sourd aux recommandations du fluet, Jules m'assène un nouveau coup à l'abdomen. Magali gigote, impuissante. Cette fois, j'ai senti la douleur et Jules s'étonne de ma résistance.

– Alors, tu vas me dire pourquoi tu t'es lancé dans le business avec nous ou je vais cramer le sourire niais que tu as aux lèvres ?

Aussitôt sa menace proférée, un vacarme assourdissant.

– Police, lâchez vos armes !

Des flics arrivent dans tous les sens. La silhouette que j'ai aperçue se faufile, elle, vers la sortie. En la suivant du regard, j'ai perdu de vue ce qui se passait devant moi. Je réalise à contretemps qu'une arme est braquée sur moi. Jules me tient en joue.

– Je ne vais pas tomber seul, espèce de…

Je n'entendrai jamais la suite. L'expression du bras droit de Kam se fige. Un filet de sang coule entre ses deux yeux. Je n'ai pas entendu la détonation, les sons se distordent autour de moi. Un bruit étouffé accompagne la chute du corps massif de Jules. Ses complices mettent les mains derrière la nuque et s'agenouillent au sol. Je suis doucement en train de partir dans les vapes. Du coin de l'œil, je vois deux flics se précipiter vers Magali. Moi, ils me considèrent bizarrement, ne sachant pas mon rôle dans cette histoire. Le sol se dérobe sous mes pieds. Magali me rattrape juste avant que je ne défaille complètement.

Le reste, c'est Magali qui me le racontera. Quinze minutes plus tard, une vingtaine de personnes essaient de pénétrer dans le parking. Les flics font barrage. Ils craignent que ce ne soit le reste de la bande de Kam qui vient leur tendre un guet-apens ou alors des jeunes de la cité qui veulent en découdre avec des flics. Un échange radio leur fait comprendre qu'il s'agit de renforts.

– Qu'est-ce que vous foutez là ? demande le chef de la première équipe.

– Kamel Daoudi nous a dit qu'une collègue et un jeune homme étaient en danger de mort. Et vous, qu'est-ce que vous faisiez déjà sur place ? répond celui de la seconde équipe.

– On a reçu un coup de fil anonyme pour nous dire d'intervenir en toute urgence. Au début, on ne l'a pas cru mais le type a envoyé une vidéo en direct.

– C'est qui ?

Personne n'a pu identifier ce sauveur anonyme et, jusqu'ici, la police l'ignore encore.

Quand Magali me rapportera cette conversation, je sourirai en me rappelant la vanne que j'avais faite à Katia.

– C'est qui ?

– Non, Sékou.

36

J'ai perdu connaissance pendant cinq minutes, une heure, un jour ? Je ne le sais pas. Le son m'est revenu avant l'image, un murmure d'abord, puis des bips, des voix indistinctes. Je voulais crier que j'entendais tout mais ma bouche pâteuse refusait d'émettre ne serait-ce qu'un grognement. Une image m'est apparue, une femme allongée, tentant de masquer ses grimaces en des sourires. Maman. L'hôpital. Son courage. Papa qui lui apportait des fleurs tous les jours. J'avais oublié qu'il avait été si présent, qu'il avait pris un congé sans solde pour soutenir sa femme. Ma mémoire se reconstitue tout d'un coup. Le flot d'informations me flanque un mal de tête terrible, j'ai trop à emmagasiner en si peu de temps. Le concert. Il faut que je me lève, il y a peut-être une chance que j'y participe. Malgré mes efforts, mes muscles refusent d'obéir à mon cerveau.

Je m'écroule de fatigue puis je me réveille à nouveau. Je reconnais la voix de mon père. Il s'adresse à une infirmière, lui pose des questions sur mes constantes. Il est toujours aussi chiant. Mais je ne l'ai jamais autant aimé qu'à cet instant. Il s'écrie "Je crois qu'il bouge" à l'infirmière qui lui indique que mes soubresauts sont des gestes réflexes. Il insiste : "Je crois qu'il bouge *vraiment*". Il me prend la main et me demande de la serrer. Je convoque toutes mes forces et une légère pression s'exerce. Il m'avouera plus tard qu'il a ressenti la même joie que la première fois que j'ai marché. Comme le bébé qui s'élance sur ses deux jambes, le premier pas est le plus difficile. Le reste s'enchaîne.

Quand je retrouve une certaine lucidité, je vois mon père et Magali, côte à côte à mon chevet, se tenant la main. Je me sens mieux mais j'ai toutes les peines du monde à articuler.

– Ça va, Magali ?

– Oui, ne t'inquiète pas. J'ai juste été ligotée et un peu malmenée. Toi, tu subis les effets des drogues. Des sédatifs puissants.

– Jules ?

– Il est mort.

– Kam ?

– En garde à vue. Il a été pris en flagrant délit lors d'un casse.

– Katia ?

Mon père et Magali se regardent, surpris. Mon père sourit :

– Je savais qu'il y avait une fille dans sa vie.

Il trouve à nouveau le moyen de m'agacer avant que je replonge dans le noir.

***

Quand je rouvre les yeux, Katia est là. Mon père est à ses côtés, avec le même sourire un peu énervant qui traverse son visage quand il parle des filles. Sa subtilité, qui n'a d'égale que la souplesse de l'éléphant, le pousse à dire :

– Je vous laisse, les tourtereaux, je crois que vous avez beaucoup de choses à vous raconter.

Il appuie le sous-entendu lourdaud avec un clin d'œil malicieux. La honte. Je regrette une milliseconde que Jules ne m'ait pas achevé. J'ai envie de m'enfouir sous les draps pour les trois cent cinquante prochaines années. Katia remarque mon malaise, elle a le tact de ne pas se moquer de moi.

– Ça va, Mabataï ?

– Oui, mais j'irai mieux après ça.

Je désigne le plateau-repas. Le plat de pâtes au poisson aurait pu être un tas de feuilles, je l'aurais avalé goulûment. Je dévore sans la moindre dignité et Katia sort de sa poche une barre de chocolat à laquelle je réserve le même sort. Je me redresse d'un coup de mon lit, heureux de constater que mes muscles obéissent enfin à ma volonté. Seule la perfusion entrave mes mouvements.

– Oui, ça va beaucoup mieux maintenant, et toi ? Et le concert ?

– Ce n'est pas le plus important mais si tu veux savoir, nous n'avons pas joué sans toi.

– Désolé…

– Ton père m'a expliqué, sa copine a complété. Tu es passé à rien de la mort, alors disons que je ne vais pas t'en vouloir. Mais tu es un sacré cachottier.

– Toutes mes excuses, je ne voulais pas te mettre en danger.

– Tu es le dernier à avoir vu mon frère vivant…

– Je ne sais pas quoi te dire.

– Moi non plus. Toi, heureusement, tu n'as pas subi le même sort.

Katia s'avance lentement vers moi, pose son index sur mes lèvres, puis presse sa bouche contre la mienne. Notre premier baiser est plus efficace que tous les médicaments du monde. Je ne veux plus me détacher d'elle mais un "Oh ! pardon" nous interrompt. Mon père, qui est rentré, ressort aussitôt. Toujours là quand il ne faut pas. Katia et moi sourions bêtement. Katia retourne sur sa chaise.

– Désolé, mon père… je m'excuse en haussant les épaules.

– T'inquiète, j'ai le même à la maison, me rassure Katia. Elle est quand même dingue, cette histoire. Et le plus fou, c'est que personne n'arrive à déterminer l'auteur du coup de fil anonyme qui a prévenu la première équipe de police. Sans lui, tu serais mort. À croire que l'homme invisible t'a sauvé la vie.

– Moi je sais. C'était Sékou.

– Ton meilleur ami ?

– Oui. Il était aussi dans le parking désaffecté quand ton frère a été…

Je m'interromps pour ne pas froisser Katia. J'ai déjà gaffé avec elle, je ne le referai pas.

– Il y a un problème : Sékou n'existe pas, m'assure Katia.

– Qu'est-ce que c'est que ces conneries ?

– Sékou n'existe que dans ta tête. J'ai fait des recherches dans tes classes précédentes. Aucune trace de ce garçon. Ton père nous a dit qu'il ne t'avait jamais vu avec lui. Il t'a juste entendu prononcer son prénom.

– Sékou et moi, on se voyait en cours puis, au collège, chez moi quand mes parents étaient absents.

– Comme par hasard, loin des yeux de tous. Comme par hasard, il est orphelin. Comme par hasard, Sékou porte le nom de ton oncle décédé. Ça fait beaucoup de hasards, non ?

– Je ne savais rien de l'existence de mon oncle jusqu'à ce que j'interroge mon père il y a quelques semaines ! je proteste.

– Je me suis renseignée auprès des médecins. Après un choc, on peut s'inventer un ami imaginaire. Tu as dû surprendre tes parents en train de parler de ton oncle et tu as subi un choc traumatique qui t'a fait tout oublier. Mais ton inconscient, lui, a retenu l'information.

– J'aurais inventé Sékou ?

– Oui. Et un second traumatisme, la mort de ta mère, l'a fait disparaître. Il est réapparu en situation de stress, quand tu as vu mon frère se faire assassiner.

– Je n'y crois pas. Je me souviens de lui, de son expression, du numéro de place de parking à ses pieds, du miroir fêlé au-dessus de lui, de…

– Un miroir ? C'était toi que tu regardais.

– Tu veux dire que je suis fou ?

– Non. Ton ami imaginaire a servi à te protéger. C'est un mécanisme de défense inconscient.

Je vacille. Je n'ai jamais eu de meilleur ami ? J'inventais ses blagues ? Le jour du départ de maman, je me parlais à moi-même ? J'étais seul tout ce temps-là ? Je revois le rêve où Sékou m'étranglait. Il avait l'air tellement vrai… La preuve que la frontière entre la réalité et le rêve est floue dans mon esprit…

– Sékou et toi, c'est comme Superman et Clark Kent ou Batman et Bruce Wayne, on ne vous a jamais vus dans la même pièce…

– J'ai tout inventé et tu acceptes malgré tout de me parler ?

– Oui, seulement parce que tu es une bête de musicien…

Elle s'approche à nouveau de moi :

– Et parce que tu embrasses bien.

Elle entrouvre les lèvres, je ferme les yeux. Je tressaille de bien-être, d'abord, puis une sensation désagréable me gagne. Je suis sûr qu'on nous observe. En rouvrant les paupières, je m'attends à revoir mon père, ce relou. Au lieu de quoi, je découvre un visage illuminé par un sourire. Je tapote l'épaule de Katia, blottie contre moi.

– Katia, Sékou est là, je lui murmure.

– Il est dans ta tête, elle me réplique.

– Je t'assure, retourne-toi, j'insiste.

– Je ne savais pas que je te traumatisais à ce point !

Quand elle se retourne, elle est littéralement bouche bée. Son regard se fige sur un jeune homme au sourire inimitable. Le blagueur invétéré se racle la gorge avant de dire :

– J'espère que je ne dérange personne.

***

– Tu existes vraiment, Sékou ?

C'est comme si Katia était face au monstre du loch Ness. Sa voix monte dans des aigus qui laissent entrevoir des perspectives intéressantes pour nos futures chansons.

– Pince-moi, si tu veux en être sûre, rigole Sékou. Pas trop longtemps sinon tu risques de tomber amoureuse de moi.

– C'est toi qui as appelé la police ?

– Oui, qui d'autre ?

– Alors Mabataï ne t'a pas inventé ? Pourquoi on ne trouve ta trace nulle part sur internet ?

– Elles ont été effacées. Je suis sous protection de la police… Je n'ai pas le droit de vous parler de tout ça, je vous fais confiance, hein ?

– Tu peux, Katia et moi répondons en même temps.

– Katia, tu devrais t'asseoir, propose Sékou.

Magnétisée, Katia lui obéit. Elle est encore sous le choc. Sékou prend un air sérieux que je ne lui ai jamais vu. Il ne ressemble pas du tout à mon rêve, il a grandi, il a épaissi, mais il a conservé le même tic agaçant : il se ronge les peaux mortes sous ses ongles.

– Katia, j'ai connu ton frère Samir, nous partagions la même cellule. Nous avons eu plein de bonnes discussions, c'était un type bien, tu sais.

Katia hoche la tête et ses yeux s'embuent de larmes.

– Samir m'a demandé ce que je foutais au quartier pour mineurs de la maison d'arrêt et je lui ai répondu que j'étais tombé pour une histoire de drogue. Il n'arrivait pas à y croire parce qu'il me trouvait trop gentil. J'ai mis du temps à lui expliquer les dessous de l'affaire. Je ne savais pas si je pouvais lui faire confiance. Après plusieurs semaines où on a commencé à étudier ensemble – Samir voulait passer son bac, moi mon bac de français –, je lui ai avoué que j'avais pris la place d'un autre. Jules, le bras droit de Kam, avait exigé que je me dénonce pour éviter une peine à un de ses gars, soi-disant parce que je lui ressemblais. J'étais le coupable de substitution parfait, mineur et orphelin, je prendrais une peine moins lourde et je ne manquerais à personne. Il ne m'a pas laissé le choix de répondre non, tu connais ses méthodes... Les flics ne sont pas allés chercher plus loin que mes aveux et je me suis retrouvé derrière les barreaux.

– Pourquoi tu refusais de me voir ? je le coupe.

– Tu es mon petit frère, Mabataï, je n'aurais pas pu te mentir et te dire la vérité t'aurait mis en danger.

Cette fois, c'est mon cœur qui bat plus vite. Katia, elle, a fondu quand Sékou lui a expliqué que son grand frère voulait passer le bac. J'essaie de retrouver le fil de la conversation :

– Ta peine terminée, tu aurais pu venir me voir, grand frère.

– Ce n'est pas si simple que ça… Ma peine n'est officiellement pas finie. Quand Samir a appris mon histoire, il a été dégoûté et il s'est mis à balancer sur Kam et son business. Il a accepté d'être infiltré à condition que je sois moi-même libéré. Et moi, je ne devais pas interférer dans l'affaire sous peine de revenir en maison d'arrêt.

– Ce que tu n'as manifestement pas fait. Tu as pris des risques dingues.

– Toi aussi, en cherchant à me retrouver. Je ne m'attendais pas à te voir mêlé à cette histoire. Je surveillais Samir de loin mais quand je t'ai vu approcher de l'immeuble de Kam, je t'ai suivi. Enfin, j'ai essayé de te suivre, tu cours toujours aussi vite. Puis j'ai vu Samir se faire… Toutes mes condoléances, Katia.

Katia prend la main que Sékou lui tend. Elle la serre très fort.

– Je n'ai pas connu Samir très longtemps mais il était devenu un vrai ami.

– Merci, Sékou, réplique Katia.

– C'est le moins que je pouvais faire. Maintenant, il faut que je parte.

– Tu reviendras ? j'implore Sékou avec une voix de gamin.

– Tu penses bien que oui !

Sur le visage de mon meilleur ami se dessine un magnifique sourire. Katia reconnaîtra que c'est le plus beau qu'elle ait vu. Après le mien.

***

Le concert des Princes a été annoncé par des affiches sauvages. Par miracle, il y en avait beaucoup plus que le nombre imprimé. Katia et moi avons reconnu la main de Sékou derrière cette multiplication. Jules mort, il va bientôt pouvoir revenir au quartier mais la prudence s'impose encore, qui sait le lien que l'on pourrait faire entre le démantèlement de la bande de Kam et sa réapparition soudaine ? Si on le suspectait d'être un cousin, il aurait une cible dans le dos car, déjà, la succession de Kam s'organise. Les têtes changent, le business tourne toujours.

La petite salle de banlieue n'est remplie qu'au tiers. "Ce sont les affres d'une carrière qui commence", pondère Ben, avec son détachement caractéristique. Les Princes n'accompagnent pas un événement particulier. Katia a décidé de séparer son activité artistique et son engagement militant. "C'est plus sain comme ça", elle a admis. Elle a aussi choisi de ne pas convier Stéphane Pichard mais d'envoyer des invitations à Virginie Larnicole et aux veufs et veuves de policiers. Ce n'est pas un renoncement à ses convictions, a-t-elle précisé, “juste un signe d’humanité”. Ce n’est pas parce que l’État montre le mauvais exemple en ne reconnaissant pas ses fautes qu’il faut être aussi buté que lui.

Pour mettre un visage à notre lutte, nous avons décidé de retirer nos cagoules. Le concept tortues ninjas a vécu. Ben, Katia et moi nous assumons. Nous allons commencer notre concert par une chanson que j’ai écrite : *La Malédiction de Kam*. La première phrase déchire : “On n’est trahi que par les chiens.”

Deux minutes avant le concert, la sueur coule le long de mon visage. Je la balaie du revers de ma manche. Deux secondes après, je suis de nouveau en nage. Mes glandes sudoripares sont un robinet grand ouvert qui déverse un liquide salé et visqueux sur mon front. Je frissonne des pieds à la tête… Vous connaissez la suite : on va tout casser, il n’y a plus d’autre choix.

REMERCIEMENTS

Toute ma gratitude à Élodie Dijoux, ancienne directrice du Conservatoire de Pierrefitte-sur-Seine, qui m'a remarquablement accueilli, ainsi qu'à Alison Pierson, professeure de danse, Anaïs Denakpo, professeure de chant, et à leurs talentueux élèves.

Merci au formidable personnel du Conservatoire.

Merci à la ville de Pierrefitte et à toutes les structures qui m'ont reçu, en particulier la médiathèque Flora-Tristan et l'école Roseline-Boivin.

Merci aux publics, nombreux et chaleureux, que j'ai eu la chance de rencontrer.

Ouvrage réalisé
par l'atelier graphique Actes Sud,
achevé d'imprimer
sur Roto-Page
en novembre 2023
par l'Imprimerie Floch
à Mayenne
pour le compte
des éditions Actes Sud,
Le Méjan place Nina-Berberova,
13200 Arles.

Dépôt légal 1re édition : janvier 2024
N° impr. : 103611
(Imprimé en France)